極道と愛を乞う犬

小中大豆

白泉社花丸文庫

極道と愛を乞う犬　もくじ

イラスト／タカツキノボル

全身が火照《ほて》って暑い。エアコンの出力を最大にしているのに、一向に涼《すず》しくなる気配がない。噴《ふ》き出る汗で肌が滑《すべ》るのが煩《わずら》わしかった。

ともすれば途切れそうになる集中力を、犬崎隼人《いぬさきはやと》は先ほどから懸命《けんめい》にかき集めていた。最中に中折れするなんて事態は、絶対に避けたいものだ。

「あっ……いっ、……いぃっ……隼人ぉ」

身体の下で男が喘《あえ》いでいる。隼人が腰を打ち付ける度《たび》に派手な嬌声《きょうせい》を上げて、今にも弾けそうだった。扱《しご》いてやれば簡単に達しそうだが、敢《あ》えてそうはしない。もう少し男が疲弊《ひへい》してからでないと、すぐに二回戦目をねだられるからだ。

「隼人、もっと強く……っ」

「わかってるって。ったく、ホント好きモノだよな」

本心を隠さず呆《あき》れたように言ったが、男はそんな言葉すら嬉《うれ》しいというように身をくねらせた。仕方なく隼人は、腰を動かすスピードを速める。肉襞《にくひだ》が気持ちよさそうに隼人のペニスを食い締め、達しそうになるのをコントロールするのもまた面倒だ。

(……マジでいい加減にしてくれねえと、こっちの身が持たねえよ)

あくびを噛《か》み殺しながら、隼人は心の中で悪態をつく。そのうちのいくつかは、口の外に漏《も》れてしまっていたが。

「あんたも因果《いんが》だよなあ。綺麗《きれい》な顔してんのに、こんなに淫乱《いんらん》でさ」

「……ひど……僕は、淫乱じゃ……」

目に涙を溜《た》めて恨《うら》めしげにこちらを見上げる、高島遊《たかしまゆう》というその男は、お世辞ではなく美しい。決して若くはない。三十二、三、或《ある》いはもう少し上か。どちらにせよ、二十一歳になったばかりの隼人からすれば「オッサン」と括《くく》っていい年の男だ。

しかし見た目はせいぜい、二十代の半《なか》ばといったところだった。男にしておくにはもったいないくらいの清楚な美貌の持ち主で、抱き心地も申し分ない。

金離れも悪くないのだが、唯一の難点がこの、底なしの性欲だった。小遣いをせびりに彼の部屋を訪れたが最後、どちらかの体力が尽きるまで貪《むさぼ》られる。

「隼人……好きだよ。愛してる」

「知ってるよ。おい、勝手に腰振るんじゃねえよ。ったく、だらしねえな」

それでもまあ、会う度に必死で縋《すが》りつかれ、好きだと繰り返されるのは悪い気分ではない。

「ねえ、隼人も言って？　愛してるって」

遊は必ず、絶頂の間際に言葉をねだる。愛していると言われながら貫かれることで、強いオーガズムを感じるようだった。この男の嗜好《しこう》やその由来に興味はないが、言葉一つで喜んで金をくれるのなら、お安い御用だ。

「愛してるぜ、遊。愛してる」

欠片《かけら》も思っていないセリフを囁《ささや》き、抱きしめながら白い身体を強く突き上げる。悦《よろこ》びの声を上げて遊が達した。内壁が収縮し、その刺激に隼人も射精したが、身体とは裏腹に、頭の中は少しも熱くはならなかった。

住所不定無職。それが隼人の現在の肩書きだ。もう少し色を付けるなら、「ヒモ」と言ったところか。

相手の性別は問わず、小遣いと一時の住まいを提供してくれる男女の間を渡り歩いている。ただし、むさ苦しい男を抱くのと、男に抱かれるのだけは許容できない。

生まれ育った家はそこそこ裕福だったが、四年前、十七歳で高校を中退し、家を出て以来、定まった住所も、定職に就いたこともなかった。

自堕落《じだらく》で、積極的に人生を切り開く気力もなく、死んで全てを終わらせる勇気もない。自意識だけは人並み以上の若造が働かずして生きていこうとするなら、その若さと身体を使うしかないだろう。

ろくでもない生き方だと自分でも思う。我がままで無愛想だし、やる気のない性格を反映するかのように、セックスも自分本位だ。甘い言葉も滅多《めった》に囁くことはないのに、それでも隼人は、男にも女にもよくモテた。

頭は悪いし中身も最低だが、見てくれだけは良いからだ。

百八十センチの長身に、すらりとした長い手足。若くて弾力ある肌の下には、しなやかな筋肉が無駄なく付いている。スポーツジムで何も考えず黙々と身体を動かすのが隼人の唯一の趣味であり、暇潰《つぶ》しだったから、荒《すさ》んだ生活の割に身体だけはしっかりしていた。

単純に美形と言うにはアクの強い印象があるものの、顔の造作は整っている。きつい吊り気味の目が剣呑《けんのん》な印象を与えるのか、街中で喧嘩《けんか》を吹っかけられることもしばしばだった。

しかしそうした、いかにもろくでなしな男ぶりが、男女を問わずある種の人々に受けるらしい。

家を出て都内のあちこちにある繁華街を漂流し、結果として今の新宿《しんじゅく》に棲《す》みつくようになったが、そんな浮き草のような生活の中でも未《いま》だ、隼人は一度も金に困ったことがなかった。生きるための努力などしなくても、ただ界隈《かいわい》をうろつくだけで、貢《みつ》いでくれる男や女が向こうから声を掛けてくる。

遊もそんな連中の一人だった。半年前、近くのバーで偶然出会った隼人に熱っぽく話しかけてきて、抱いてやったら、その場で付き合ってくれと懇願された。それ以来、半同棲状態で彼のマンションに入り浸っている。

他の相手の家に泊まることもあったが、今のところ遊の部屋にいる日の方が多かった。

遊は他の男や女のように、隼人が浮気をしても文句を言わない。さすがに別の匂いや行為の痕《あと》を付けて来ると悲しそうな顔をするが、その夜に普段より一層激しく求められるくらいで、表立って詰《なじ》られることはなかった。

羽振りもいい。遊は新宿で小さなバーのオーナーをしている。ただし、そちらは万年赤字の道楽で、実際は店のあるビルのテナントから収入を得ていた。親からの生前贈与《ぞうよ》だという。

日本一の歓楽街、新宿歌舞伎町《かぶきちょう》のど真ん中に位置する雑居ビルは、不況であってもテナントに困らず、悩むのは税金のことくらいだ。隼人もだいぶ、その恩恵にあずかっている。

底なしのセックスを挑《いど》まれることを除けば、遊はほぼ、隼人の言いなりだった。小遣いも望むまま、ハメ撮りだってやらせてくれる。興味がないので今までやらなかったが、SMだって隼人が言えば拒《こば》まないだろう。

(今度、やってみるか)

遊とのセックスの後、相手がシャワーを浴びている間に、湿ったシーツの上に寝転びながらろくでもないことを考える。自らの嗜好ではなく、金のためだ。

以前、他の女のところでビデオカメラを見つけ、戯《たわむ》れにハメ撮りをした。小遣いの額が少なかったのでカメラをそのまま失敬したのだが、遊のマンションを訪れてから、ふと気まぐれに遊との行為も撮影してみた。ハメ撮りなので、隼人自身はナニ以外映っていない。

それでまたもや思い立ち、ネットのアダルトサイトを運営している知り合いに売りつけたところ、意外なことに女より遊の映像の方が高く売れたのである。

遊の美しい容姿のせいなのか、知人は詳《くわ》しい理由を語ってくれなかったが、予想以上の値段に、またちょっとした小遣い稼《かせ》ぎをしてみようと邪《よこしま》な計画を立てていたのだった。

(確か、カメラもベッドの辺りに放ってあったよな)

ベッドの周りをゴソゴソと探っていたら、当の遊がシャワーを浴びて戻ってきた。

「何やってるの？」

「あ、や、別に」

「隼人も早く浴びたら」

何となくバツが悪くて言葉を濁《にご》していると、遊は先ほどとは別人のような、愛想のない口調でそう言った。クローゼットから出したバスタオルを放られて、仕方なく隼人もシャワーを浴びにバスルームへ向かう。

心なしか、いつもよりも遊の態度が冷たかった。セックスの後、遊はそれまでのひたむきな態度とは打って変わって素っ気なくなる。事後は気恥ずかしいからだと言われて気にしたことはなかったが、今の態度はどことなく、そんな普段のクールさとも違う気がする。どこだろうと考え、一度もまともに隼人を見なかったからだと気がついた。

性欲の強い遊は、いつもは終わった後も隼人の身体を物欲しそうに眺《なが》めるのに、今日はまるで興味がない風なのだ。

（そういや結局、ヤッたのも一回だけだったしな）

それが一番、不可解だ。会うなり身体を求められ、どれだけ搾《しぼ》り取られるのかと覚悟していたら、一回戦で呆気《あっけ》なく解放された。

（疲れてるのか？　それとも何か、怒らせるようなことをしたか）

シャワーを浴びながら少し考え、だがすぐにやめた。遊の機嫌が悪かろうと関係ない。嫌なら別れればいい。

金をくれる相手は他にもいるのだ。日々、暇を持て余している隼人は、もらった端からギャンブルや飲み代に使ってしまうが、それでも金づるが一人いなくなったからといって、明日の金に困ることはない。

（あー、けど寝床を探すのは面倒臭いな）

ファミリータイプの遊のマンションは、広くて設備も整っており、快適な住まいだった。他の相手はみんなワンルームだったり、部屋があっても煙草臭かったりして、寝心地が悪いのだ。

（ちょっとだけ、機嫌取ってみるか）

口先だけの甘い言葉を囁いてみせて、それで相手が機嫌を直せば、今夜さっそくハメ撮りをさせてくれるかもしれない。

そんな勝手なことばかりを考えて、浴室を出る。タオルで大雑把《おおざっぱ》に水けを拭くと、いつものように裸のままバスルームを出る。

しかし何気なく廊下に出た隼人は、その場で凍《こお》りついた。

「え……」

そこにいつの間にか、見知らぬ男が三人、立ちはだかっていたのだ。それも普通の男たちではない。

スキンヘッドに眼鏡の男と、ホストっぽい白茶けた髪をした男。二人ともダークスーツをきっちりと着込んでいて、映画に出てくる怪しいエージェントのようだ。

その後ろからもう一人、ひときわ背の高い男がのっそりと顔を出した。

「よお。お前が隼人か」

気安い口調で言う。少ししゃがれたような低音は静かだが、聞く者を竦《すく》ませる威力があった。隼人が目線を上げるくらいだから、身長は百九十を超えているだろう。肩幅は一回りほど広く、身体つきもがっしりとしている。

日本人離れした高い鼻梁《びりょう》と、猛禽類《もうきんるい》を思わせる鋭い双眸《そうぼう》。なめし皮のような肌に、黒く艶《つや》やかな髪を後ろに流している。

年は三十半ばくらいだろうか。十二分に整った顔立ちに、危なげな男の色香を纏《まと》っていかる。高価な品のいいスーツを着こなしているが、堅気でないことは男の持つ雰囲気からわかる。

「な、何だよ、お前ら」

背筋に嫌な汗が流れるのに気づかないふりをして、隼人は男たちを睨《にら》みつけた。その精一杯の虚勢《きょせい》に、美丈夫は少し片眉《かたまゆ》を引き上げ、珍しい虫でも見つけたような目をした。

「確かに、モノは良さそうだな」

と、隼人の足の間にある物に視線を移しながら、ふんふんと頷《うなず》く。

「てめえ、ふざけんなよ」

凄《すご》んだが、男は少しも怯《ひる》んだ様子はなかった。代わりに男の両脇にいた眼鏡とホストもどきが、ずいっと威嚇《いかん》するように一歩こちらに進んだため、隼人はバスルームのドアに背中をくっつける羽目になった。

「身体の相性は良かったんだけどねえ」

この場に似合わぬのんびりとした口調で、男の後ろから姿を現したのは遊だ。

「ゆ、遊！　何だよこいつら。お前の知り合いか？　何でいきなり家に上げるんだよっ」

声を裏返してまくし立てる隼人に、遊はうんざりした顔をした。

「うるさい子だね。黙れよ」

「な……」

思わず我が耳を疑う。未だかつて、遊がこんなにも高圧的だったことがあっただろうか。ぽかんと口を開ける隼人に、遊は大仰《おおぎょう》なため息をついてみせた。

「まったく。馬鹿だとは思ってたし、それでも良かったんだけど。君がここまでろくでなしだとは思わなかったよ」

何のことだかさっぱりわからない。オロオロする隼人に、目の前の色男が少し気の毒そうな顔をする。スーツのポケットから携帯電話を取り出し、手元で操作をすると、画面を隼人に向けた。

『あぁっ、いいっ……』

途端、聞き覚えのある男の嬌声が流れてきて、隼人はぎょっと目を剝《む》いた。

ブラウザの中で、遊が男に貫かれて肢体をくねらせている。顔は見えないが、遊を犯《おか》しているのは紛《まぎ》れもなく自分自身だ。アングルにも覚えがあった。以前、隼人が撮影して知り合いに売りつけた映像だ。

「えっ、何で……」

いや、アダルトサイトの運営者に売ったのだから、ネットで配信されたのだろう。それはともかく、どうしてそれで、物騒な連中が隼人の前に現れるのか。

嫌な予感がして、きょろきょろと辺りを見回す。だが男三人が目の前に立ち塞《ふさ》がっており、退路は完全に断たれていた。何より、隼人自身が全裸だ。

「こいつ、マジで何も知らないんだな」

馬鹿にした口調で色男が言った。

「この子、僕のお金にしか興味がなかったからねえ」

遊も呆れた声を出す。

「何だよっ、何なんだよお前ら！」

「俺か？　俺は鷲頭譲介《わしずじょうすけ》。八祥《はっしょう》組の組長だ。六和《ろくわ》会の直系組織って言った方がわかり易いか」

隼人は思わず息を飲んだ。六和会は、日本に住む者なら誰もが知る広域指定暴力団だ。八祥組という名前にも聞き覚えがあった。新宿に何年も漂っていれば、嫌でもヤクザの話を耳にする。

八祥組は暴力団粛清の世相がある昨今、にも拘《かかわ》らず勢いを増しつつある組だ。歌舞伎町内でも、八祥組がバックに付いている飲食店や風俗店は多い。店で起こる様々なトラブルを解消する、いわゆる『ケツ持ち』だが、暴力団への利益提供に引っかからないよう、店が困らない形で新しいシステムを組んでいるのだという。

その組長が確か、鷲だか鷹《たか》だか言う名前で、大変な美形だというのも有名な話だ。

「何でヤクザが、遊と……」

ヤクザと呼んだのを鷲頭は怒らなかったが、隼人の問いにも答えなかった。

「お前、この画像をパイレーツの社長に売っただろう」

逆に問いかけられ、渋々頷く。パイレーツというのが、件《くだん》のアダルトサイトの名前だった。

「そいつが俺にこの映像を持ってきて、金をせびってきやがった。俺の女が、他の男に犯されてる映像があるってな」

「あんたの、女……？」

遊が軽く肩を竦めた。

「ま、正しくは男だけど」

そんな冗談を聞いている場合ではない。遊が、ヤクザの愛人だったとは。どうりで、パイレーツの社長が高値で映像を買い取ったはずだ。奴は最初から鷲頭に映像を売りつける気だったに違いない。

しかしそれでは、遊が隼人に繰り返していた睦言《むつごと》や執着は何だったのか。それとも、嫌々ながら鷲頭と関係を持たされているのだろうか。

「俺のもんじゃねえが、まあ昔馴染《なじ》みのお友達ってとこだ」

「セックスもしてるでしょ。そこはちゃんと説明しないと」

隼人の混乱を見て取ったのか、鷲頭が補足するように言い、それにすかさず遊が突っ込む。気安い口調から、嫌々付き合っているのではないことがわかった。

大人しく従順に自分に仕えていたはずの遊が、他の男とも関係していた。しかもヤクザと。そして今の遊は、いつもの彼と態度も口調もまったく違っている。

「可哀そうになぁ」

鷲頭が憐《あわ》れむ目で、隼人を見下ろした。

「お前も遊の外見に騙《だま》されたクチか。どうせ、好きとか愛してるとか言われてその気になってたんだろ。こいつはな、根っからのMなんだよ。ダメな男に振り回されるのが大好きなんだ。言っとくが、こいつが囲ってるのはお前だけじゃねえぞ」

「え」

驚いて目を見開くと、遊がしれっとした顔で「余計なこと言わないでよ」と言った。

「それでもって、お前も知ってる通り性欲は底なしだ。若い男の精液を吸い尽くして、飽《あ》きたらポイ。それでも足りなくなると、俺のところに来る」

信じられなかった。いや、信じたくなかった。では遊の今までの従順さは、全て芝居だったと言うのか。

裸のままへたり込んだ隼人に、しかしヤクザが言葉通り同情するわけがない。

「こいつの本性を知らなかったのは気の毒だが、まあ、お前も今まで色々といい思いをしてきたんだ。文句を垂《た》れる筋合いじゃねえだろ。それより、こっちの落とし前をつけてもらわないとな」

呆然《ぼうぜん》と鷲頭を見上げる。男は笑っていなかった。

「ヒモはヒモらしく、小遣いせびって満足してりゃあ良かったのに。欲を掻《か》くからこんなことになるのさ」

連れて行け、と男たちに命じる。スキンヘッドとホストもどきが無言で頷き、隼人の両脇を抱えた。

「はっ、離せよ！」

殺される。我に返って無茶苦茶に暴れたが、両側から蹴《け》りが飛んできて、再びその場に崩《くず》れ落ちた。女のような高い悲鳴が上がる。

「乱暴しないでっ」

遊の声だった。お前、やっぱり俺のこと……と隼人が顔を上げた途端、降ってきたのは男たちの蹴りよりも衝撃的な一言だった。

「床が汚れるじゃないか。前の時だって、あの男が垂れ流したおしっこ掃除したの、僕なんだからね！」

遊が心配しているのは隼人ではなく、自分の家の廊下だった。それより、前の時というのは何だ。大の男が失禁するような出来事が以前もあったというのか。

あまりにも非情な遊の言葉に、ホストもどきが「あーあ、完全にビビッてますよ」と声を上げた。それでも、彼らは容赦《ようしゃ》なく隼人を引きずって行く。もう抵抗する気力はなかった。

玄関に着いたところで、鷲頭が奥から持ってきたシーツを隼人に巻いた。さすがに全裸では目立つからだろう。部屋から出て行く時、一縷《いちる》の望みを託して縋るように遊を振り返る。遊は笑って、手を振っていた。

「バイバイ、隼人。セックスだけは良かったよ」


マンションの駐車場に黒っぽいセダンが停《と》まっており、隼人はスキンヘッドと鷲頭に挟《はさ》まれる形で後部座席に押し込められた。運転席にホストもどきが乗り、車が滑り出す。三人ともやけに手際がいい。

誰もが無言だったが、大通りに出たところで、不意に鷲頭が口を開いた。

「茗荷谷《みょうがたに》に行ってくれ」

スキンヘッドの男が「いいんですか」と気遣わしげな声を返す。いい、と鷲頭が答え、ホストもどきは右に出していたウインカーを元に戻した。

車は大通りを二十分ほど走り、やがて一棟の瀟洒《しょうしゃ》なマンションに辿《たど》り着いた。地下駐車場で車を降り、再び男たちに引きずられながらエレベーターで最上階へ上る。低層タイプのマンションは戸数も少ないのか、周囲に助けを求めようにも、誰にも出会わなかった。しかも、エレベーターで上ったすぐ先にドアがある。ワンフロアに一戸の作りらしい。

中に入ると玄関は総大理石張りで、その先に長い廊下が伸びていた。遊のところも都心にしては広いが、この部屋は造りからして違っている。

廊下の突き当たりにある広いリビングまで行くと、床に転がされた。

一体これから、何をされるのか。いや、先ほどのやり取りからすれば、答えはわかりきっている。自分はここで殺されるのだ。切られるのか、撃たれるのか。

死ぬのは怖くない。ただ、苦しむのが嫌だった。苦痛にのた打ち回りながら死にたくない。カタカタと独りでに震え出す身体を、自らの腕で無意識にぎゅっと抱き込む。

「お前らは帰っていい」

しかし予想に反《はん》して、鷲頭は二人の男たちを下がらせた。ホストもどきは黙って部屋を去ったが、スキンヘッドは鷲頭と隼人を見比べて言った。

「道具、持ってきますか」

「いや。これだけビビッてたら、いらねえだろ。素手で十分だ」

震える隼人を揶揄《やゆ》するように鷲頭は言う。道具というのは、武器のことだろう。銃か刃物か。しかしそれも、今の隼人には不要だという意味だ。

小馬鹿にしたような口調に、恐怖に冷えきっていたはずの隼人の身体がカッと熱くなった。

「……ふざけんな」

立ち上がって、鷲頭に殴《なぐ》りかかる。しかし拳《こぶし》が相手に届く前に、驚くような俊敏《しゅんびん》さでスキンヘッドに押さえ込まれていた。

「畜生っ。離せよ、このハゲ……っ」

悪態をつくと、スキンヘッドは何の予備動作もなく隼人のみぞおちを蹴った。軽い一蹴りだったが、腹の一番脆《もろ》い部分へと爪先が突き刺さる。「げえっ」とみっともない呻《うめ》きを上げて、隼人は呆気なく崩れ落ちた。

「遊から馬鹿だと聞いてたが。お前、本当に馬鹿なんだな」

鷲頭がクククッとおかしそうに喉《のど》の奥を鳴らす。それから、スキンヘッドに押さえつけられ、床に這《は》いつくばっている隼人の前にしゃがみこんだ。

「この男は木場《きば》。うちのナンバー2だ。小柄でひょろっとしてるが、強いぞ」

「俺を……どうする気だよ」

「さて。どうするかなあ」

こちらが恐怖に怯《おび》えるのを、ニヤニヤと笑って楽しんでいる男が恨めしい。どうせ死ぬなら、何か少しでも男に思い知らせてやりたかった。だが、どうやって?

スキンヘッド――木場も底知れないが、鷲頭という男には周囲を怯《ひる》ませる威圧感があった。理屈ではなく生き物の本能で、この男が自分より強い雄であることを感じる。

怖い、と思った。しかしそれを彼らの前で認めたくはない。でも怖い。隼人が葛藤《かっとう》する様子を鷲頭は楽しそうに覗《のぞ》き込んでいたが、やがて、

「面白そうだな」

ぽつりと呟《つぶや》いた。木場に向かって出て行けという仕草《しぐさ》をする。それだけで、鷲頭の意図がわかったのか。

「車で待機してます。何かあったら連絡を」

呆れたような、諦《あきら》めたような口調で木場が言い、リビングから出て行った。戸の閉まる音がやけに大きく響く。隼人は三十畳ほどもある広い部屋に、鷲頭と二人きりになった。

「……さて」

おもむろに鷲頭がスーツの上着を脱ぎ捨てる。乱暴にソファへと放るのに、床から立ち上がりかけていた隼人は、びくっと身を震わせた。

その様子がおかしかったのか、鷲頭はまた、低い笑い声を漏らす。だが次の瞬間には、無言のまま隼人の前まで間合いを詰めていた。

四つん這いになっていた隼人が、立ち上がるために床に着いた手を足払いで薙《な》ぎ払う。身体の支えを失った隼人は顔面からびたん、と床に突っ伏した。

「――っ」

ははっ、と男が声を上げて笑った。

（くそっ）

屈辱《くつじょく》だった。どうにかしてこいつに報復してやりたい。だが男は、更《さら》なる屈辱を隼人に与えた。隼人の背中に乗り、マウントの姿勢を取ったかと思うと、あろうことか隼人の尻の穴に指を突っ込んできたのだ。

「ひぃっ」

みっともない、などと考えている余裕はなかった。犯される。

男の意図を悟り、隼人は慌《あわ》てて手足を動かしもがいた。しかし男はよほど上手く身体の支点をとらえているのか、胴体はぴたりと床に吸い付いたまま、手足が虚《むな》しくフローリングを滑るだけだ。

「離せっ、このホモ野郎！」

「おいおい。男とハメ撮りした奴が、何言ってんだ」

呆れたように言われ、後ろに突き刺された指が一本から二本に増やされた。

「い、痛いっ、痛い！」

肉を割る痛みに恥も外聞もなく声を上げる。唾液か何かで濡《ぬ》らされているらしく、襞《ひだ》をめくり上げる摩擦《まさつ》は少ない。だが後ろに何かを入れられること自体、初めてなのだ。

「色気のねえ声出すな。しかし、ギチギチだな。男に抱かれたことは？」

「あるわけねーだろっ」

遊のような女性的な容貌《ようぼう》ならともかく、自分はどこからどう見ても男だ。今まで隼人が抱いてきたのもみんな、華奢《きゃしゃ》で中性的な男ばかりだった。過去に何度か、抱かせてくれと言い寄られたことがあったたし、自分のような男っぽいタイプの受け身が世の中にいることも知っている。

だが、隼人には無理だ。抱かれるなど論外で、だからこそ、自分はバイであってもゲイではないと思っている。根っからのホモセクシャルな人間を、馬鹿にしている節すらあったのだ。

「離せって言ってんだろ！　死ねボケ！」

そう、俺は男だ。女じゃない。掘られてたまるか。

しかし勢いをつけて罵声《ばせい》を上げた一瞬の後に、今度は「ぎゃっ」と情けない悲鳴を上げていた。男が睾丸を力強く握り締めたからだ。

「口のきき方に気をつけろ。勘違《かんちが》いするなよ。俺はお前のご主人様じゃない。落とし前つけに来た『ヤクザ』なんだよ」

男の大切な部分を強く握られ、痛みに涙が零《こぼ》れた。わかったか、と犬を躾《しつ》けるような口調にも、こくこくと頷くしかない。

ふっ、と頭の上で笑う声がして、「いい子だ」と低く囁かれた。甘い声音にぞくりと肌が粟立《あわだ》つ。それから不意に、背中の重みがなくなった。そこで待ってろ、と言い置いて、男はリビングの奥にある部屋へと消えて行った。

チャンスだ。咄嗟《とっさ》に思った。早く逃げなくては。慌てて身体を起こす。心臓がドキドキした。立ち上がろうとしたが、上手く足に力が入らない。ようやく二本の足で立ち上がった途端、男が戻って来てしまった。

「待ってろと言っただろう」

へろへろした足取りの隼人を見て、逃げ切れる心配がないと悟ったのか、男は大して怒りもしなかった。それでも隼人は男の言葉を無視して、必死で逃げる。尻を掘られるなんて、まっぴらだった。

「そんなへっぴり腰で、どこに行く気だ？」

簡単に追いついた男に肩を摑《つか》まれる。それだけで隼人はバランスを崩し、転びそうになった。

後ろにのめる身体を、しかし男の腕は危なげなく抱き留《と》める。太く逞《たくま》しい腕が隼人の腰に周り、背後から抱きしめられる格好になった。

鷲頭は隼人より更に頭一つ分背が高く、身体つきも一回り大きい。不可抗力とは言え、自分より大柄な男の腕に身を預けるのは、生まれて初めての経験だった。幼い頃、父親に抱き上げられた記憶もないのだ。

男のシャツから香る、トワレと体臭が混じった官能的な匂いを嗅《か》いで、隼人はカッと顔が熱くなるのを感じた。

「くそっ。離せよ」

そんな自分に困惑して身をよじったが、男は隼人の動揺を見透かすように低く笑い、ますます腕に力を込めた。

「ケツ穴も綺麗だが、乳首も色が薄いな。さすがにピンクってわけにはいかないが。初心《うぶ》っぽい、いい色だ」

言うなり、男の指が隼人の胸の突起を捻《ひね》り上げる。ぴりっと痛痒《いたがゆ》い感覚が走り、くぐもった声を上げてしまった。

「処女なら怖がるのも無理はないよなあ。ほら、お前のためにこいつを持ってきてやったぜ」

男はもう一方の手に持っていた、プラスチックのボトルを振って見せた。ラブローションだ。

「隼人って言ったか？　お前みたいな鼻っ柱の強い奴を一度、犯してみたかったんだ」

男でも女でも、媚《こ》びて自分から足を開いてくる人間はいくらでもいるという。確かにこの男ほどの美貌なら、相手には事欠かないだろう。

「安心しろ。痛いことはしねえよ。……お前が大人しくしてたらな」

最後の一言にだけ凄味を効かせて、男は隼人をリビングの中央にあるソファまで移動させた。

「ソファに手をつけ。ケツをこっちに向けろ」

男の口調は、子供を諭《さと》すような静かなものだった。隼人は必死にかぶりを振る。

「や、やだ……」

指だけでも痛かったのだ。男の物を入れられて、無事に済むわけがない。突っ込むのはいいが、突っ込まれるのは絶対にごめんだ。

「いきなり入れたりしねえよ。そんなに怖いか？　威勢がいい割にはビビリだな」

嘲《あざけ》るような口調が悔《くや》しかった。くそっ、と埒《らち》もない悪態を繰り返す。

「くそっ。このホモ野郎……っ」

男が笑って、背中から覆《おお》いかぶさってきた。びくりと跳《は》ねた身体をあやすように、首筋をちゅっと軽く吸われ、背中が甘く震えた。

コツ、と床に何かが転がる音がする。ローションのキャップだ。嫌だ……とずり上がる身体をとらえ、濡れた男の指が隼人の後ろの窄《すぼ》まりに押し入ってきた。

ローションのお陰で先ほどのような痛みはなく、隼人の肉は、男の長い指を根元までずぶずぶと飲み込んでいく。

「抜けよ、糞ったれっ。気持ち悪ぃんだよ。動かすんじゃねえっ」

中で蠢《うごめ》く指が恐ろしく、恐怖に駆《か》られて隼人は喚《わめ》いた。うるせえ奴だなあ、と呆れた声がする。

次の瞬間、全身に電流が流れるような衝撃が走った。ビリビリと脳天を突き上げるような快感が隼人を襲《おそ》う。

「な……？」

一体、何が起ったのかわからなかった。呆然とする隼人に、後ろで笑みを含んだ男の声が聞こえた。

「前立腺マッサージ、受けたことないか？」

「ねえよ……あっ、あっ、よせっ」

コリコリと男の指先が一点を押し上げる。射精の時の絶頂が隼人を襲い、ぶるぶると身体を震わせた。しかし、今にも達しそうになった時、指がずるりと引き抜かれる。

「んぁっ？」

どうして、と責めるような気持ちで背後を振り返った。男の鋭い双眸とぶつかる。鷲頭はふっと表情を和《やわ》らげると、黙って前をくつろげ始めた。

「あ……」

ぶるりと、男のペニスが跳ね上がる。赤黒く怒張したそれは、長く太く、まるで凶器のようだ。

る。
――怖い。
感じたのは恐怖。そのはずだった。なのに、身体の中心はじくじくと熱を持ち続けてい
「力を抜け」
「む、無理」
壊れると思った。やめてくれ、と懇願する。後ろから、窄まりにひたりと熱いぬめりが
押し当てられる。と、次の瞬間にはズドンと重い衝撃が隼人の身体を貫いていた。
「ひ……ぃっ」
声にならない悲鳴が喉の奥から漏れる。死ぬ。死んでしまう。
「や、やだ。やだ。頼むから、抜いてくれよぉ」
だらしなく半泣きになって訴える隼人に、鷲頭は背後で低い笑い声を立てた。尻を抱え、
先ほどの一点を突き上げる。
「あっ、あっ！」
痺《しび》れるような快感が再び全身を駆け巡った。前は一切触れられていないにも拘らず、隼
人のそれは腹に付くほど勃起し、先端からだらだらと涎《よだれ》のような先走りを零している。
「中がうねってきたな。ちょっとキツイが、いい穴だ。お前、ヒモよりこっちの方が向い
てるぞ」

「ふざけ……はぁっ、んっ」

　悪態をつきかけた途端、強く乳首を捻られた。痛いくらいの刺激に、しかし胸から下半身にかけて激しい疼《うず》きが走る。

「これが好きみたいだな」

　違うと言いたいのに、言えなかった。男に尻を犯され、乳首を弄《いじ》られて喜んでいる。嘘だ。こんなのは自分じゃない。しかし、隼人のそんな上っ面の矜持《きょうじ》は、男の与える快楽にあっさりと押し流されてしまう。

「ひ、ぅんっ、んっ」

　鷲頭は執拗《しつよう》に隼人の乳首をこねくり回し、腰を激しく打ち付けた。鷲頭の下生えが結合部分をくすぐり、甘い蜜のような官能が陰嚢をいっぱいに満たしていく。唯一、弄ってもらえない竿《さお》の部分が、所在無げにぶるんと震えた。ここにも刺激が欲しい。だが、自ら愛撫しようと伸ばした手は、鷲頭にすぐさま叩《たた》き落とされた。

「な、何でっ」

「勝手なことするんじゃねえよ」

　唸《うな》るように言い、一物をずるりと引き抜く。隼人の背中をソファの上に押し倒すと、体勢を入れ替えて今度は前から押し入ってきた。激しいピストンが再開される。

「はひっ、いぅうっ」

気持ちがいい。なのにもどかしい。一たび意識すると、無性に前を弄りたくなった。苦しげに悶《もだ》える隼人に、男が囁く。

「そんなに弄って欲しいか？」

やけに甘い声だった。まるで、理性を搦《から》め捕《と》るような。

「んっ、ぅんっ」

縋るように何度も頷いた。尻を犯されながら、ペニスも嬲《なぶ》られたい。

「ならちゃんと、おねだりしな」

にやりと笑う口が、隼人の耳に信じられないセリフを吹き込む。

「ちゃんと言ってみろ。おりこうに言えたら、ここをグチャグチャに弄って射精させてやるよ」

「ひっ」

爪で亀頭をピンと弾かれ、ボタボタと先走りが零れた。震えるペニスの根元を、男がぎゅっと握りこむ。

「言えねえのか。ならこのまま、俺だけいくぜ」

「や、ぁあ」

もう、プライドなどどうでもいい。一瞬の躊躇《ためら》いの後、隼人はそう思った。力を抜くと、途端に楽になる。穿《うが》たれる肉棒をいつしか自らの動きで迎え入れながら、男に言われた言

葉を口にしていた。

「し、扱いてっ。俺のおチンポ、扱いて……下さいっ」

瞬間、男がふわりと笑う。優しくさえ見えるその微笑に、堕《お》ちた……と隼人は思った。

男の罠《わな》に、自分はいともたやすく堕ちてしまった。

「……いい子だ」

慈悲《じひ》深い声が言い、熱く乾いた手のひらが隼人の陰茎を撫《な》でた。尻を穿たれ、前を巧みに扱き上げられ、頭が真っ白になる。それは生まれて初めて感じるような、激しい快楽だった。

「はぁっ、い……くっ」

びゅっと勢いよく白濁が飛んだ。同時に犯されている部分が妖《あや》しく蠢き、耳元で男の低い呻きが聞こえる。焼けるような熱い迸《ほとばし》りが体内に注ぎ込まれた。

どくどくと脈打つ男の肉棒を感じながら、急速に理性が戻ってきた。一体、自分は何をしているのだろう。

今日初めて会った男に、それもヤクザに犯されてしまった。あまつさえ、自分から腰を振って射精をねだって。

「泣き顔もそそるな」

男は言い、すすり泣く隼人の頬《ほお》を舐《な》めた。

「嫌、だ」

（……俺は女じゃない）

震える唇に舌が絡《から》まる。涙の味がする舌先は苦くしょっぱいはずなのに、何故《なぜ》だかとても甘く感じられた。


隼人の生まれ育った家は、比較的裕福な家庭だった。

両親と、三つ違いの兄の四人家族で、父はいわゆるキャリア官僚だった。亡くなった父の父、つまり隼人の祖父も官僚だ。一流大学を経て挫折《ざせつ》らしい挫折を知らぬまま出世コースに乗った父はしかし、身勝手で傲慢《ごうまん》、仕事の鬱積《うっせき》を家族に当たることで晴らすような男だった。

隼人は物心ついた頃から、恒常的に父親の暴力を受けて育った。

姿勢が悪いと言っては殴られ、話し方が馬鹿にしていると言いがかりのような理由で蹴られる。

暴力を振るわれない時は、虫けらのように罵《ののし》られた。お前はクズだ、養われているのだから、父親の言うことを何でも聞く義務がある。息子というのは父親の奴隷《どれい》と同義なのだと、小学校にも上がっていない子供に父は本気で説《と》いていたのである。

小さい頃は本当に自分が悪い子だからだと思っていたが、父親の怒りは不条理だった。彼のしたい時、したいように暴力を振るわれた。母や兄も例外ではない。自分が殴られない時は、母や兄の悲鳴を聞いていた。父が帰ってくるのが恐ろしくて、いつも家のインターホンが鳴る度にビクビクしていたのを覚えている。

それでもまだ、幼少の頃はよかった。兄という支えがあったからだ。

母親はとうの昔に母性を放棄《ほうき》しており、息子たちが殴られても逃げ出すだけだったが、幼い頃の兄と隼人は、互いに身を寄せ合って生きていた。

三つ上の兄は、子供ながらに弟を守らねばと思っていたのだろう。時に行き過ぎる父の暴力を、身を挺《てい》して庇《かば》ってくれることがあった。そんな兄に心を打たれ、隼人もまた、兄を庇った。

『大きくなったら家を出て、二人で暮らそうね』

まだ小学校の低学年だった、それが兄の口癖だった。なけなしの小遣いで、隼人のために絆創膏《ばんそうこう》や甘いお菓子を買ってくれた。いつか父の暴力から離れ、二人で暮らすのが幼い頃の兄弟の夢だった。

その夢が破れたのは、兄が中学に進学してからだ。

兄はその頃からグンと背が伸びて大人っぽくなった。どちらかと言えば母親似だった面差しが、父に似始めたのもその頃からだ。加えて、地元の人間なら誰もが知る名門の中学に合格した兄を、父親は見直したらしい。自己を投影するかのように兄を褒《ほ》め、まるで彼への虐待などなかったかのように、目をかけ始めた。

家庭内でのヒエラルキーが変わった。父、兄、母、そして隼人だ。

父が兄に手をあげることはなくなり、その分、母と隼人に比重が移った。母親はすぐに逃げ出すから、殴られるのはいつも隼人だ。

父に目をかけられるようになった兄も、また変わっていった。父と同じように隼人や母親を蔑《さげす》み、暴力を振るう父を擁護《ようご》するような態度を取る。

『隼人が悪いんだ。お前は出来が悪いからな。父さんが怒るのも無理はない』

以前とは違う、異物を見るような兄の眼差《まなざ》しに、恨むよりもただ、彼が遠くに行ってしまったことが悲しかった。隼人を庇い、一緒に逃げようと言ってくれた兄はもういない。

彼は父に擬態することで、辛い生活から脱却できることを知ってしまったのだ。

それでもその時の隼人はまだ、兄や母を恨んではいなかった。そうしなくては生きていけないことを、隼人も知っていたから。

実際、兄の立場が変わってからというもの、家族は隼人という『出来損《できそこ》ない』を厭《いと》うことで、奇妙なまとまりを見せ始めていた。時に家族の団らんのような空気さえ醸《かも》し出す三人を、隼人は食事を与えられずに放り出された廊下で、震えながら見つめていた。

『出来損ない』でなくなったら、自分もあの輪の中に入れるだろうか。

幼い故《ゆえ》の純粋な思考で、隼人はそう考えた。学校の成績をもっと良くして、兄と同じ中学に入れれば、父も認めてくれるかもしれない。

幸い、隼人は家で罵られるほど成績は悪くなかった。努力して勉強もしたから、小学校の先生からは兄と同じか、それよりもう一つランクの高い中学を受験できると言われ、無邪気に喜んだ。きっと母も兄も同じように喜んでくれるだろうと、昔のように兄に勉強を教わることまで夢想していた。

結論から言えば、隼人は希望の中学に入ることはできなかった。そもそも、受験することさえできなかったのだ。

兄と同じ中学に行きたい、という隼人に、母も兄も喜んではくれなかった。それどころか、兄はその日からあからさまな敵意を隼人に向けるようになり、母もますます素っ気なくなった。父には元より、自分から何か話をできるような雰囲気ではない。

それでも受験したいと何度も懇願する隼人に、母はある日、「願書を出してきた」と言った。嘘だと気づいたのは、受験日が間近になった頃だ。

いつまでも受験票が届かないことに訝《いぶか》しく思い、母を問い詰めてようやく、彼女が嘘をついていたことがわかった。

『あんたはそんなところ行かなくていいの。でないと……私たちが困るのよ』

どうして嘘をついたのだと責める隼人に、母はそう言い捨て、息子の目を一度も見ることなく逃げ去ってしまった。

その言葉の意味を何度も考え、ようやく理解した。兄と同じに……と隼人が言った日から、敵意を露《あら》わにし始めた兄。顔をそむけながらも、時折ちらちらと怯えるようにこちらを盗み見ていた母。

この家にはスケープゴートが必要だった。虐《しいた》げられるべき絶対的な弱者が。

隼人が兄と同じ立場になってしまったら、底辺に落ちるのは母だろう。兄もまた、「父のお気に入り」という地位を脅《おびや》かされる。結局、隼人は血の繋《つな》がった兄と母にババを引かされたのだ。己の保身のために、実の家族を貶《おとし》め合う。何て馬鹿げた家族だろう。

隼人はその日から、父と同じように母を、そして兄を憎んだ。憎悪を燃やす末の子供を、家族たちはますます遠ざけるようになった。

どこにも受験できなかった隼人は、そのまま区立の中学校に進学した。必死で受験勉強をしていた隼人にとって、中学の授業は決して難しいものではなかったが、もう勉強する気など失せていた。

どうやっても、自分は上には進めない。どんなに勉強しても、たとえいい高校に入りたくても、血を分けた肉親が邪魔をするのだ。

隼人は髪を染め、服装を崩して、不良と言われるグループと親しく付き合うようになった。やがて万引きや喧嘩で補導されるようになり、どこの誰が見ても不良とわかる風体になっていったが、家で父に殴られることはなくなった。

　兄と同じように隼人もまた、二次性徴を迎えて体格が良くなった上に、不良らしい凶暴性を身に付けていったからである。

　父や兄のような人間は、自分より強い者に刃向《はむか》う勇気などない。隼人が二人の背を抜いて以来、父は家長の対面を取り繕《つくろ》うために口では罵るものの、息子が反抗の兆《きざ》しを見せるとそそくさと逃げ出してしまう。

　兄は敵意と言うより憎悪を燃やし、つまらない嫌がらせを繰り返すようになったが、その度にこちらも報復してやった。目には目を、だ。

　結局、母は最下層に戻ってしまったが、父に暴力を振るわれる姿を見ても胸は痛まなくなった。女は強《したた》かだ。決して体格では敵《かな》わない代わりに、別の方法で暴力を躱《かわ》す術を知っている。

　父に打ち据《す》えられ、悲鳴を上げる母の声が、やがて別のトーンに変わっていく理由を知ったのも中学に上がってからだった。父の暴力は時として、性的なものに移っていくようだった。むしろ、父は虐待の中に性的な興奮を見出していたのだろう。そうでなければあんなにも執拗に、人に暴力を振るうわけがない。

　許して、と泣きながら母は、父の雄を自ら迎え入れる。両親の獣《けもの》のような接合を初めて目の当たりにした時、隼人は自室で嘔吐《おうと》した。あんな風にして自分は生まれたのだ。怨讐《おんしゅう》と絶望に満たされ、その後、隼人の中で新たに生まれたのは強烈な自己否定だった。身勝手な大人たちが己の欺瞞《ぎまん》と欲望のまま交わってできた、澱《おり》のような存在。それが自分なのだ。

中学は半分も行かなかった。出席日数が満たないにも拘らず卒業できたのは、教師たちも隼人のような存在をさっさと厄介払《やっかいばら》いしたかったからだろう。隼人と一緒につるんでいた仲間たちも、何だかんだと理由を付けて卒業した。

地元の都立高校の入試にパスしたのは、中学受験の時にした努力の貯金だろうと思う。しかしどうにか入った高校も、ほとんど通うことはなかった。出席日数が足らずに留年して、二度目の一年生となった春、何もかもが馬鹿馬鹿しくなって学校を辞めた。

その日のうちに家にある現金と金目の物をかき集め、小さな旅行鞄《かばん》に入るだけの荷物を詰めて家を出た。それきり、家には一度も帰っていない。

女や男たちの間を渡り歩く生活は自由だったが、その空虚さは実家にいた時と大して変わらなかった。人と人との間に介在するのは金とセックスだけ。それに時々、暴力が混じる。

将来などという単語を思い浮かべるのも白々しい、その日暮らしの生活。ただ死ぬのが怖いからという理由だけで生きている。

それが、隼人のこれまでの人生だった。

「おい、何時まで寝てやがる」

　声と共に軽く頭をはたかれ、隼人は泥《どろ》のような眠りから覚《さ》めた。

「……ってぇな」

寒さを感じてもぞりと身を縮め、自分が裸であることに気づく。スプリングの効いた柔らかなベッドの上にいたが、上掛けは声の主によって奪われていた。

クーラーが効きすぎて寒い。身じろぎすると、両の足首からジャラリと鎖《くさり》を引きずる音がした。

（くそっ、またかよ）

これで何度目だ、と頭の中でだけ悪態をつき、三度目だと自分の記憶が言う。鷲頭に犯され、気を失ったまま放置された回数だ。

うんざりして目を開けると、思った通り男っぽい美貌が、冷ややかな目でこちらを見下ろしていた。

「そのまま寝るなと言っただろうが。寝る前に風呂に入れ。シーツも汚したままにするんじゃねえよ。何度言えばわかるんだ？」

この男に、連日犯され続けている。隼人だって好き好んで汚い身体のまま寝入ってしまったわけではない。体力が続かないのだ。

悔しさに、気だるい身体がさっと強張《こわば》るのを感じたが、この三日でまともに抵抗する気力は失せていた。隼人は唇を噛んで俯《うつむ》き、拘束されて不自由な足でよたよたとシャワールームへ入る。

リビングの奥にあるのが主寝室で、シャワールームはその中にあった。主寝室専用らしく、シャワーとトイレだけのこじんまりした造りになっていた。

足枷《かせ》の先にじゃらりと長い鎖が付いていて、ドアを完全に閉めることはできない。鎖はリビングの柱に繋がっていた。

ＳＭ用のそれを改造したらしい、ラバー素材の拘束具と、ホームセンターに売っているようなステンレス製の鎖、それに自転車の盗難防止用チェーンを組み合わせたものだが、上手く工夫されていてどうやっても素手では取れない。

鷲頭に初めて犯されたあの日、途中で意識を失った隼人は、寝ている間にこの足枷を嵌《は》められた。

しかも体液に汚れてベタベタの身体はそのままで、やはり今日と同じく鷲頭に叩き起こされると、『臭え』とにべもなく言われ、シャワールームに追いやられた。

拘束具と凌辱《りょうじょく》の痕にショックを覚え、更にひりつく尻の間からどろりと男の放った残滓《ざんし》が零れ出た時には、不覚にも泣いてしまった。

鎖は長く、このシャワールームと寝室、それにリビングまで行き来することは可能だ。だがリビングと間続きにある、キッチンには届きそうで届かなかった。

食事は、鷲頭が戻ってきた時にまとめて与えられる仕出し弁当とパンやスナック類、それに数本のペットボトルだけだ。

最初の日はペットボトルの本数が少なくて途中で水分が足りなくなり、仕方なくシャワーの水を飲んだ。裸のまま自由を奪われ、主人が帰ってくるまで水の一杯もままならない生活は、隼人の反抗心を根こそぎ奪うには十分だった。

シャワーを浴びて飯を食い、また鷲頭に犯される。途中で意識を失い、戻ってきた鷲頭に起こされるという繰り返し。テレビを見ることはできたので、辛うじて日にちの感覚はあった。

今日で三日目。鷲頭が自分をどうするつもりなのか、わからない。毎日組み敷かれ、快楽を引き出される。平手で叩かれることはあったが、それ以上の暴力は振るわれなかった。しかし、気は抜けない。

相手はヤクザなのだ。飽きたら殺されるのかもしれない。それは今日なのか、明日なのか。むごく殺されるのだろうか。毎日、目を覚ます度にそんなことを考え、ビクビクしている。

シャワーを浴びてリビングに顔を出すと、鷲頭はスーツ姿のままソファにどっかりと腰を下ろし、難しい顔で新聞を読んでいた。大型テレビからは朝のニュースが流れている。

ソファには鷲頭がいるので、身の置き所がない。おずおずと床に座ると、男はこちらをちらりと見て、顎《あご》をしゃくった。ぞんざいに示されたソファテーブルには今日もいつもと同じ弁当が置かれていた。

「……いただきます」

ぎこちなく言って箸《はし》を取る。与えられた食事に「いただきます」と「ごちそうさま」を言うことを義務付けられているのだ。忘れれば容赦なく張り手が飛ぶ。

無言のままガツガツと食べ物を口に運ぶ。裸だとか、鷲頭の前だとかいうことが気にならないと言えば嘘になるが、とにかく腹が減っていた。まだ若くて食欲旺盛な隼人に与えられるのは、毎日この弁当一食と、あとはコンビニのパンやスナック菓子だけなのだ。

大きな使い捨ての箱にぎっしりと詰められた弁当は、毎回やたらと豪勢で美味《うま》い。和食やうす味が苦手な隼人だが、食べるとホッとする味で、拉致《らち》されてからはこの食事だけが唯一の楽しみになっていた。

「汚い食い方だな。もう少し綺麗に食えないのか」

空腹のあまり弁当に鼻先を突っ込むようにして食べる隼人に、鷲頭が嫌そうな顔で言う。

「腹減ってんだよ」

周りも見えないほど飢《う》えていたのかと思うと恥ずかしくて、不貞腐《ふてくさ》れるように言った。

しかしその途端、頬にバシッと軽い平手が飛んでくる。

「腹が、減ってるんです」

慌てて言い直した。鷲頭には絶対服従。そして礼を尽くすように、この三日間で叩き込まれた。どうして、自分を拉致し強姦する男に礼儀正しくしなければならないのか。解せない思いはあるが、身の安全を確保するためには従うしかない。

今からまた、抱かれるのだろうか。隼人はちらりと男を窺《うかが》う。間を置かずに穿たれ続けた下半身は常に重だるく、足の間に物が挟まっているような感覚がある。窓からは真夏の明るい日差しが燦々《さんさん》と降り注いでいて、そんな中で快楽を引きずり出されるのも嫌だった。

しかし今日に限っては、その心配は杞憂《きゆう》に終わった。隼人が食事を終えたのを見計らったかのように、木場が現れたからだ。

「おはようございます」

と、折り目正しく頭を下げたスーツ姿の彼は、相変わらず頭を綺麗に剃《そ》りこんでいた。

「さっき別れたばかりだろう。ちょっとは眠れたのか？」

部下の挨拶《あいさつ》に、鷲頭は苦笑する。どうやら二人は今朝方まで仕事をしていたらしい。木場は無表情のまま頷く。

「でも、今日の運転は別の者に任せます。鷲頭さんには駒ケ根《こまがね》を付けますんで。今、下に待機してます」

それから初めてその存在に気づいたかのように、隼人をちらりと見た。

初日以来、木場と顔を合わせるのは初めてだが、向こうは隼人が裸で鎖に繋がれていても眉一つ動かさない。或いは隼人が会っていないと思っているだけで、気を失っている間に木場がこの部屋に入って来ている可能性はある。

初対面の時から裸を見られているので、今さら恥ずかしがることもないのかもしれないが、三日前の身体とは違っている。隼人の鎖骨や胸元、腕に至るまで、鷲頭が付けた歯型やうっ血の痕があった。抱かれる度に数を増していくから、隼人の身体は見るも無惨《むざん》な有様だ。

「頼んだ物は持ってきたか？」

新聞を畳《たた》みながら、鷲頭が木場に問う。

「ええ。サイズは合うと思いますが。本気ですか？」

「冗談だと思ってたのか」

「……」

黙り込んだ木場は、八つ当たりのように隼人を睨む。どうやら頭上の会話に、隼人が関係しているらしい。というより、隼人の処遇《しょぐう》を巡って意見が対立しているということか。

俄《にわ》かに心臓の音が大きくなっていくのを感じながら、隼人は二人の顔色を窺った。

「この三日で、最低限の躾《しつけ》はしたぞ。なあ、隼人」

「えっ？」

いきなり「なあ」と言われても、返答に困る。しかもどうやら、己の行く末が掛かっているらしいのだ。二人を上目づかいに見比べていると、鷲頭はニヤニヤ笑いながら持っていた新聞をテーブルに置き、「こっちに来い」と自分の足元を示した。

嫌な予感を覚えながらも、のろのろと鷲頭の足元にひざまずく。

「おい木場。こいつの鍵《かぎ》を貸せ」

男の言葉に木場は一つ、深いため息をついたが、スーツのポケットから小さな鍵を取り出した。それを渡しながら木場がボソリと一言、

「どうなっても知りませんよ」

と呟いた。鷲頭はその言葉に聞こえない振りをして、足枷の鍵を外す。

カチッという軽い音と共に鍵の部分の金具が取れ、隼人が恐る恐るラバー素材のベルトを外すと、枷はあっさりと抜けた。三日間つけっぱなしだったために、両足のくるぶしは赤くなって少しヒリヒリしたが、歩くのに何ら支障はない。唐突に自由になったものの、素直には喜べなかった。

このまま逃げていい、という意味でないことはわかる。しかしどう行動すれば自分の身

が助かるのか、この状況では読めなかった。

床に座り込んだまま呆然とする隼人に、鷲頭は満足そうな顔をする。そうして自らの足を大きく開き、言った。

「隼人、しゃぶれ」

「……っ」

嫌な予感は的中した。自分は解放されたのではなく、試されているのだ。隼人が黙って服従するかどうか。従わずに逃げ出せば、即座に木場にねじ伏せられ、今度こそ殺されるかもしれない。

選択肢はない。隼人はぐっと唇を嚙むと、鷲頭の足の間にひざまずいた。ここに来て散々抱かれたが、フェラチオを強要されたのは初めてだ。そもそも、隼人にそうした経験はほとんどない。いつもされる方なのだ。男にも女にも、積極的に愛撫を施《ほどこ》したことはあまりなかった。

ちらりと脇を窺うと、木場が黙ってこちらを見下ろしている。不機嫌な顔だが、気まずそうに目を逸《そ》らすこともなかった。鷲頭の突飛な行動には慣れているのかもしれない。

他人の視線に羞恥《しゅうち》と屈辱を感じながら、隼人は男のズボンの前立てをくつろげた。中から重量感のあるそれを取り出す。うなだれていても、男の一物は大きい。顔を寄せると、濃い雄の匂いがした。帰ってからシャワーを浴びていないのだろう。嗅ぎ慣れた鷲頭の匂いを鼻孔いっぱいに感じて、身体の芯《しん》が疼く。

これは条件反射だ。隼人は自分に言い聞かせた。何度もこれで後ろを掻き回された。前立腺を容赦なく突かれ、空っぽになるまで吐精することを覚えさせられたのだ。

「んぅ……」

大きく口を開いて男を飲み込む。長い陰茎はとても収まり切らず、咥《くわ》えているだけで顎が疲れた。飲み込み切れない唾液が口の周りを伝う。懸命に口を動かすと男の肉棒はすぐに芯を持ち始めたが、それ以上はなかなか固くならない。

「下手クソ。そんなんじゃ、いつまでやったってイけやしねえ」

呆れたように鷲頭が言った。むっとして睨み上げたが、反抗を口にするのは怖くてできない。

「フェラされた経験くらいあるだろう。それを思い出してやれ」

ポンポン、と頭を軽く叩かれる。その口調はまるで、出来の悪い生徒を諭す教官のようだ。何の特訓だよ、と思うような色気のない態度に、意味もなく悔しくなった。言われた通り、過去の経験を反芻《はんすう》してみる。どのみち、鷲頭をイかせるまで終われないのだ。

真っ先に思い出すのは遊の、ソープ嬢ばりの口淫だ。自分にされたことを思い出し、男の物を口の奥まで頬張った。強く吸いながら舌先で亀頭を刺激する。口に入りきらない肉茎を手で扱いた。顎も手もさっきよりずっと疲れる。それでも男の腹がひくりと震え、ぺニスがぐっと太く固く育ったのが純粋に嬉しかった。

「ん、うっ」

懸命に奉仕を繰り返すと、鈴口から蜜が零れ始める。男がわずかに息をついて、隼人の頭を摑んだ。何をするか知らせる間を置いてから、ぐっと腰を突出し、喉の奥にペニスを差し入れた。

そのまま何度か腰を揺《ゆ》すられる。初めて経験するイラマチオに危うく歯を立てそうになったが、どうにか耐えた。窺うように相手を見上げると、男が冷笑を浮かべてこちらを見ていた。冷たい、だが強烈な色香を放つ微笑《ほほえ》みにどきりとする。

鷲頭に口を犯されている。そう思っただけで、下腹部が熱くなった。

「出すぞ。飲め」

喉の奥にあったペニスが浅く引かれる。舌の上で熱い塊《かたまり》が勢いよく爆《は》ぜた。

「んぐ、ふぅっ」

男の精液はいつも信じられないくらい多い。どろりとした濃厚な粘液が間断なく注ぎ込まれ、むせそうになるのを、目に涙を溜めながら必死で飲んだ。

その様子に鷲頭は低く笑い、抱えていたうなじをあやすように優しく撫でた。たったそれだけのことなのに、長いこと暴虐に晒《さら》されていた隼人の心はじんわりと温かくなる。飴《あめ》と鞭《むち》なら、ずいぶん安上がりな飴玉だ。

「どうだ？　すっかり従順になっただろう」

鷲頭が木場に向かって、得意げに言う。隼人も涙目のまま振り返ったが、相手はただ呆れ顔で肩を竦めただけだった。

「こいつを外に出す時は、人を付けて下さい」

「当然だ。しばらくは木場、お前に付ける。好きにこき使え」

隼人は驚いて顔を鷲頭を見た。木場も薄い眉を引き上げていたから、これは初めて聞く話だったのだろう。嫌そうな顔を作って、鷲頭を睨んだ。

「いい加減にして下さいよ。ただでさえ使えない若いのが増えて困ってるんだ。俺は保育士じゃないんですよ」

「叔父貴《おじき》が押し付けて来た奴らよりはましだろうよ。使えると思ってるから使う。こいつは、躾ければそれなりに役に立つと思うぞ？　俺は、その手の勘には自信があるんだ。お前だって最初は、ヤクザに向いてねえって言われてただろうが。それでも俺は使えると思ったから拾った。結果はお前が一番よくわかってるはずだ」

楽しげに男が言い、木場の能面のような顔に人間らしい赤みが差すのを、隼人は物珍しげに見てしまった。木場が恨めしげに睨んだが、男の勝ちだ。

勝者は余裕の笑みを浮かべ、今度は隼人を振り返る。

「聞いたか？　お前は今日から木場の弟分だ」

つまり、木場に付いて鷲頭の下で働けということだ。言葉は理解できる。殺される心配がなくなったのは嬉しいが、出し抜けにヤクザになれと言われて頷けるほど柔軟ではない。だがやはり、隼人に選択肢はないようだった。「返事は『はい』だろ」と、犬にコマンドを聞かせるように言われ、「はい」と頷くしかない。

「わかったら、早く風呂場でそいつを抜いて来い」

揶揄するように示された隼人の下半身は、しっかりと上を向いていた。男に奉仕しながら、いつの間にか勃起していたのだ。羞恥に顔を染めると、鷲頭は楽しそうに笑った。腰を浮かせた隼人の首筋をするりと撫でる。

「安心しな。仕事が終わったらまたここに戻って、たっぷり泣かせてやる」

「なっ……」

一体、それで誰が安心するというのか。ふざけるな、と叫ぼうとしたが、木場がさっと闘気《とうき》を纏い始めたので、慌ててシャワールームに逃げ込んだ。

わけがわからない。鷲頭は本気で自分を組に入れる気なのだろうか。仕事と言うが、何をさせられるのか。

困惑しながらも隼人は首筋を撫でた男の指先を思い出し、浴室のタイルに欲望を吐《は》き出した。

隼人がリビングに戻ると、鷲頭の姿は消えていた。

心の準備もなく木場と二人きりにされたことにビクビクしていると、木場は大きな紙袋を隼人に押し付けた。

「着替えろ」

中には裏地のない、夏物のスーツが一揃《そろ》え入っていた。先ほど、鷲頭が頼んだと言っていたのはこのことらしい。新品らしいスーツは、隼人の身体にぴったり合っている。ネクタイを締めるのは高校の入学式以来で手間取ったが、三日ぶりに服を着てようやく人間に戻った気がした。

しかしほっとしたのも束の間、木場に険《けん》のある声で「早くしろ」と、どやされる。木場は明らかに、隼人の処遇に不満そうだった。

「とにかく俺に従え。逃げ出したりおかしな真似《まね》をしたら、鷲頭さんがどう言おうと消すからな」

静かな口調の中にも苛立《いらだ》ちを感じる。隼人だって、好きでここにいるわけではない。従うしか方法がないから従っているのだ。

「あいつは？　出かけたのかよ」

不貞腐れ気味に言うと、頭をガツッと殴られた。鷲頭は平手だったが、木場の場合は拳だ。容赦がない。

「鷲頭さん、もしくは『組長』、一般人の前では『社長』だ。躾けられたんじゃなかったのか？　目上の者には敬語を使え」

渋々、「鷲頭さんは出かけたんですか」、と尋《たず》ねれば、「お前には関係ない」と返される。殴ってやろうかと思ったが、自分より小柄なこの男に、喧嘩で敵わないことはもうわかっている。

木場はオートロックの部屋を出て、地下駐車場に向かった。駐車場には三日前とはまた別の乗用車が停まっていて、その傍《かたわ》らにずんぐりとした厳《いか》つい顔の男が直立していた。拉致された時に木場といたホストもどきとは違う、初めて見る顔だ。

「こいつは金城《きんじょう》。お前の兄貴分になる。金城、例の野郎だ。面倒見てやれ」

木場がぞんざいに紹介し、金城と呼ばれた男は「……うっす」と不良らしい返事をした。顔は幅広で、潰れた鼻が真ん中に胡坐《あぐら》をかいており、漫画に出てくるヤクザのような、いかにもな強面《こわもて》だ。しかし視線はキョトキョトと落ち着かず、何となく気の弱そうな印象を受けた。

隼人も嫌々ながら型通りの挨拶をして、車に乗り込む。金城の運転で向かったのは隼人のテリトリーだった歌舞伎町から少し行った西新宿で、辿り着いた先は低層のオフィスビルだった。正面玄関にはスケルトン素材の洒落《しゃれ》たプレートで『㈱エイトフルーク』と社名が掲げられている。

「鷲頭さんの会社だ。八祥組の事務所にもなってる」

木場の説明はそれだけだったが、八祥組の祥の字はめでたい兆し、それを「まぐれ」や「僥倖《ぎょうこう》」を意味するフルークに置き換えて社名が付けられたのだと、金城が言い添えた。

内装は落ち着いた雰囲気で、とてもヤクザの組事務所には見えない。しかし一般の企業にしては、来る者を拒むようにエントランスが閉じられ、ＩＤカードがないと建物の中にすら入れないようになっている。

連れて行かれた最上階のフロアも、一見すると何の変哲もないオフィスだった。事務用デスクやパソコン、パーティションで区切られたミーティングスペースもある。普通の会社がどんなものか、働いたことのない隼人にはわからないが、少なくともＶシネマに出てくるような提灯《ちょうちん》の下がった暴力団事務所とは程遠かった。

ただし、それはあくまで内装に限った話だ。フロアにはもちろん男性しかおらず、その男たちもスーツを着てはいるものの、誰もがそこはかとなく胡散《うさん》臭《くさ》い。

「ここが事務所のメインフロアだ。みんな『大部屋』って呼んでる」

フロアの中を示して木場が言う。その声で木場の存在に気づいた男たちは、途端に居ずまいを正して直立した。

「若頭《わかがしら》、お疲れ様です！」

そういえば鷲頭が、木場のことをナンバー2だと言っていた。つまり若頭というわけだ。

木場は黙って男たちに軽い会釈を返し、それから「新入りだ」と傍らにいる隼人を指した。

「犬崎隼人。金城と組んで俺の下に付く」

それを聞いた数人の若い連中が、何故か顔色を変えた。

「そいつ、例の……鷲頭さんの女に手ぇ出した奴じゃないですか」

若い男の一人、ヤンキー崩れのような茶髪の出っ歯が、納得がいかないとぼやく。

遊は愛人ではないが、身体の関係はあると言っていた。よくわからないが、周囲の認識としては『鷲頭の女』なのだろう。それに手を出した上に、ハメ撮りの動画を流出させたのだから、鷲頭の顔に泥を塗ったのと同じだ。男が憤《いきどお》るのも無理はなかった。隼人自身、五体満足でこの場にいることを不思議に思う。

しかし木場の答えは、その場の誰もが予想だにしないものだった。

「こいつはもう、落とし前をつけた。鷲頭さんの女に手ぇ出した詫《わ》びに、こいつが『女』になったんだよ。それで手打ちだ」

「なっ」

全員が絶句する。文句を言った出っ歯の男も、ぽかんと口を開けていた。

遊のことを「女」と呼ぶのだから、鷲頭の性癖は知っているはずだが、組員たちは目の前にいる男っぽい長身の青年と、その行為とが結びつかなかったらしい。

「ふっ、ふざけんなよっ。何言ってやがる！」

隼人は怒りと羞恥に頬を震わせた。木場を睨みつけたが、相手はどこ吹く風だ。「まあ、そういうことだから」などと周囲に畳み掛けている。

「へっ、気色悪い」

ようやく我に返った出っ歯が、困惑を取り繕うかのように、ことさら侮蔑《ぶべつ》的な口調で言った。隼人のこめかみの血管が、怒りにひくりと痙攣《けいれん》する。

木場がたしなめるように、「水谷《みずたに》」と男を呼んだが、大して力はこもっていない。

「ちょっとそれはマズいんじゃないっすか。オカマが構成員なんて、周りの笑い者ですよ」

「……んだとコラ。もういっぺん言ってみろ」

「勘弁《かんべん》しろよ。俺、そっちの趣味は、な……っぐ」

水谷が言い終える前に、隼人はその顔面に拳を叩き込んでいた。また木場に痛めつけられるかもしれないとか、そんなことは考えられない。

鷲頭に犯された事実を、誰よりも嫌悪しているのは他ならぬ隼人自身なのだ。弱者であることを思い知らせるかのように雄を体内に捩《ね》じ込まれ、女のようによがり、泣かされた。自分が男の腕にしがみ付いて何度もイかせてくれとねだったなんて、信じたくない。

そういう承服し難い現状を、目の前の男は嗤《わら》ったのだ。隼人の男としてのプライドに唾《つば》を掛けるような真似をした。許せなかったし、ここで舐められてはいけないと直感が言っていた。

「い、いひゃっ」

水谷という男は、奇妙な声を立ててその場にしゃがみ込んだ。

鼻からボタボタと血が流れる。拳がめり込んだ感覚から、鼻の骨が折れたのがわかったが、躊躇《ちゅうちょ》はなかった。男の胸ぐらを摑んで引き上げ、もう一発、顔面に叩き込む。

「おい出っ歯。今、何て言った？」

更にもう一発……と拳を振り上げたところで、後ろから誰かに止められた。木場かと思いきや、金城だった。

「そっ、それ以上は、やめとけ！」

幾分どもりながら、焦った顔で腕を摑んでくる。オドオドしながらも必死な様子の金城に、隼人もようやく頭の血が下りた。水谷の隣にいた組員の一人が、そこで今さらながら自分のするべきことに気づいたかのように、「てめえ、ふざけんな」と気色《けしき》ばんでみせる。

隼人に食って掛かろうとしたところで、今度は木場が割って入った。

「やめろ」

「だって、木場さん！」

「誰が喧嘩を売れと言った。ホモだろうがオカマだろうが、今日からこいつはうちのモンだ。鷲頭さんがそう決めたんだよ。さっき、笑い者になるって言ったな。誰が誰を笑うんだ？　言ってみろ」

木場の言葉に、男たちは黙り込んだ。

心から納得したわけではない。それは渋々黙りながらも、こちらを睨みつけてくる彼らの目を見ればわかる。隼人とて、あの二発で水谷の暴言を許すつもりはなかった。

雄同士の争いは、どちらかが敗北を認めて相手に額《ぬか》ずくまで決着は付かないのだ。隼人も彼らに服従するのが嫌ならば、服従させなければならない。昔、父と兄にしたように力づくで相手に思い知らせなければ、負け犬になって彼らのいいように使われ、やがて打ち捨てられるだろう。

結局、どこに行こうと同じことなのだ。人間らしい希望や楽しみもなく、ただ生きるためにに人をねじ伏せ、一時だけの安穏《あんのん》を得る。場所が変わっても、そんな虚しい生き方を、これからもずっと続けて行くのだ。

それが自分の人生なのかもしれない。そう、隼人はうっすらと思った。

その後、水谷は木場の指示で、近くにある病院に行った。事務所を出る前に木場が治療費を渡していたのを見たが、隼人はもちろん、木場に礼など言わないし、水谷に謝罪もしなかった。元はといえば、木場が彼らの前で不用意な発言をしたせいなのだ。

木場も、隼人にそんなことは期待していないらしい。何事もなかったかのように、改めて組員を紹介した。

といっても、その場にいたのは数名の組員と、水谷をはじめとする、三名の見習いだけだった。見習いというのは、まだ盃《さかずき》を受けていない準構成員、隼人も同じだ。

他は各々の仕事に出ているか、自宅に待機している。元々、組員の数はそう多くはないらしい。

六和会の直系だという事実や、広いオフィスを見て、もっと大規模な組織を想像していたから、やや拍子抜けした。

「下の階にはパートの女性事務員と、あとはエイトフルークの『契約社員』が数名いるが、彼らは八祥組とは無関係だ」

木場は大雑把な説明の中に、何度もここが会社組織であることを強調した。このオフィスは八祥組の拠点であると共に、表向きはエイトフルークという会社の社屋でもあるのだ。

暴力団であることを匂わせるな、という木場の言葉は納得できた。

年々、暴力団に対する規制が厳しくなっているのは誰もが知るところだし、隼人も新宿に暮らしてきて、周りにいるヤクザたちがそうした取締りに神経を使っていることは感じている。むしろ、暴力団の看板など邪魔なのではないかとすら思い、構成員であることを得意げにほのめかす連中を馬鹿にしていた。

だがそんな自分が、今ではヤクザになっている。望んだことではないが、もうどうしようもなかった。

午後からはまた、金城の運転する車で木場に連れ出され、数件の飲食店や風俗店を回った。そこで特に仕事があるわけではない。木場が各所の責任者らしい者と仕事の話をするのを、金城と共に黙って聞いているだけだった。

あちこち移動し、夜になって鷲頭のマンションに送り届けられた。鍵を持たない隼人のために、木場が部屋の入口まで付いてきた。

「お前、車の運転は」

去り際に尋ねられ、できると答えた。免許は十八の時に取っている。愛人になった女がドライブに行きたいと言い、免許を持っていないと言ったら教習所の費用を出してくれた。

隼人は車に興味がないので、あまり自分から運転することはなかったが、その後も度々、人の車を借りて運転していた。最近は乗っていないが、ペーパードライバーというほどでもないだろう。

そう答えると、なら道を覚えろ、と言われた。

「最初は都内の主要な範囲だけでいい。慣れたら俺か鷲頭さんの運転手に付ける」

「信用していいのかよ。そのうち仕返しするかもしれないぜ」

朝は文句を言っていたくせに、簡単に仕事を与えようとするのが信じられずに言うと、木場は鼻先で笑った。

「お前じゃ無理だな。今日一日で逃げる隙《すき》は何度もあった。もっとも、無事に逃げられることはないが。そういうことを全て計算して、従順な振りで逃げる隙を窺っているなら、そんなセリフは吐かない。お前は服従の道を選んだんだ」

まるで隼人の敗北を宣言するような物言いに、一瞬ムッとした。

だが木場の言う通りだ。自分には無鉄砲に逃げる勇気もなく、巧妙に相手を騙す機知も持たない。

「明日からは送り迎えなんてしないからな。自分で電車に乗って会社まで来い。この部屋はオートロックだから、施錠《せじょう》は必要ない。明日の夕方までにはスペアキーを用意させる。鷲頭さんは毎日ここに帰って来るとは限らないから、お前は自分で適当にやれ。それから、会社は基本的にフレックスだが、新人のお前は八時半出社だ。遅刻は許さない。いいな」

木場はそこで口調をがらりと事務的なものに変え、用件をつらつらとまくし立てた。呆気に取られている隼人を置いてさっさと踵《きびす》を返して去って行く。

扉が閉まりかけて、あることに気づいた隼人は慌てて追いかけた。

「俺、財布がないんだけど」

携帯も財布も、遊の部屋に置いてきた。丸裸で連れて来られたのだから当然だ。着替えだって今着ているスーツ以外、替えの下着すら持っていない。

明日の朝、電車に乗ろうにも金がなかった。食事だって、今日は木場が奢《おご》ってくれたけれど、明日からどうすればいいのかわからない。

それを人に言うのは恥ずかしかった。しかも相手はたった今、自分を馬鹿にしていた男だ。いくらか貸してくれないか、という言葉が出ずに俯いていると、木場は無言で懐《ふところ》から財布を出し、十枚ほどの一万円札を差し出した。

「当面の小遣いだ。お前も一応は社員だから、月末には給与を渡す。それまでこれでしのげ」

今は月初なので、月末はほぼ一か月後だ。万札を小銭のように扱っていた隼人からすると、この額ではとても足りない。しかし面と向かって木場に言うことはできなかった。

「ど、どうも」

取り敢えず礼を言う。なのに木場が睨むので、慌てて「ありがとう」と言い直した。それでも睨むから「ありがとうございます」と直す。そこでようやく視線が解かれた。いちいち細かい男だ。

「俺、このままここに住むの……住むんですか」

「当面はな。鷲頭さんにはそう言われている。そのうち鷲頭さんが飽きたら、どこか適当な借り上げのアパートを社員寮として用意してやる」

では飽きられるまで、鷲頭の慰《なぐさ》み者になっていろということだろうか。毎晩、仕事を終えてからもあの絶倫男に組み敷かれるのかと思うと、身体がもつのか心配になってくる。

そんな隼人の表情を読み取ったのか、木場はふっと笑った。

「ま、当分は覚悟しておくんだな。あの人には他にも男の愛人がいるが、ケツが壊れたって話は聞かねえし、お前も若いんだから大丈夫だろ。心配しなくても、愛人は男も女も沢《たく》山《さん》いるから、じきに順番が回るのも少なくなるさ」

軽い口調で下世話なことを言う。野性の猛獣《もうじゅう》のようなあの男に、愛人が何人もいるのは容易に想像ができた。しかもゲイかと思ったら、男女を問わないらしい。

「そんなにいるんですか」

呆れて呟くと、木場は肩を竦めた。

「俺が把握《はあく》してるだけでも男女含めて六、七人かな。他にも色々とつまんでるらしいが、まあ、とにかくあの人は節操がないから……」

「人んちで、楽しそうな話しをしてるじゃねえか」

その時、玄関のドアの隙間からのっそりと鷲頭が顔を出したので、隼人は飛び上がりそうになった。だが木場は近づく気配を察知していたようで、「お帰りなさい、早かったですね」と、しれっとした顔で言う。

「誰が節操なしだって？」

「あんたですよ。しかも部下に愛人のフォローを押し付ける。こないだのモデルの女にいくら払ったか、ご存知ないとは言わせませんよ」

「悪かった」

鷲頭は降参、と手を上げる。朝もそうだったが、木場は鷲頭に遠慮なく物を言い、鷲頭も彼に対してはどこか態度が柔らかかった。

「明日は駒ケ根に迎えに来させろ。お前は午後からでいい。結局、あれから寝てないんだろ。今日はゆっくり休め」

労《ねぎら》いの言葉に、木場は無表情で「そうします」と言って帰っていった。それを見送った鷲頭が、ふうっと息を吐く。それから隣にいる隼人に言った。

「シャワー、先に浴びて来い」

言葉に含まれる微妙なニュアンスに固まっていると、男はにやりと人を食った笑いを浮かべた。

「帰ったら可愛《かわい》がってやると言っただろう」

「あ、あんたも寝てないんだろ。疲れてるんなら、さっさと寝ろよ」

隼人だって疲れている。仕事らしい仕事はなかったが、急激に環境が変わったせいで身体の芯から疲労を感じていた。早く眠りたい。

しかし鷲頭は、そんな隼人の内心を見透かしたように、意地の悪い表情を浮かべた。

「疲れてるからだろ。無理やり突っ込まれたくなかったら、早く風呂入って準備して来い」

軽く凄まれ、慌ててシャワールームに向かうしかなかった。汗を流し、後ろを丁寧《ていねい》に洗う。男を受け入れるための準備をするのは、自分から欲しがっているようで嫌だったが、自衛のためには仕方がない。意地を張って放っておくと、後で自分が痛い目に遭《あ》うのだと、昨日までの監禁生活で思い知ったのだ。

シャワーを浴びて間続きの主寝室に出ると、キングサイズのベッドに鷲頭がいた。

そこにいると思わなかった隼人は一瞬、ぎょっと身を退《ひ》く。鷲頭は廊下の向こうにある大きい方のバスルームを使ったようで、濡れた髪をバスタオルで拭いていた。身体には何も身に付けていない。

ベッドの縁にどっかりと座り、開いた足の間からは重量感のある雄が下がっている。うなだれてもなお存在感のあるそれに、隼人は一瞬だけ目を奪われ、そしてそんな自分を恥じて目を逸らした。

隼人自身も全裸だ。今朝、与えられたスーツ一式以外に服を与えられず、またそれを着る気にもなれなかったから、何となく裸で出てきたのだが、せめて何か巻いて来れば良かったと後悔した。

「何してる。こっちに来い」

戸口で躊躇している隼人に、ベッドから鷲頭が声を掛ける。近づくと、引き寄せられてキスをされた。男の唇からはウイスキーの香りがする。そういえば、この数日はアルコールを口にしていない。

今はもう、鎖で繋がれているわけでもないのに、どうして男とこんなことをしているのか不思議だった。

「なあ……」

「何だ、もう欲しいのか？」

「違えよっ」

もう少し我慢《がまん》しろよと言われて、腹が立つ。キスと同時に緩《ゆる》く立ち上がった股間を揶揄されたようで、余計にむかついた。

「威勢がいいな。今日もさっそく、水谷たちとやり合ったらしいじゃないか」

出てきた名前にわずかな間、記憶を巡らして、事務所で鼻を折った男だと思い出した。

昼間もさっき顔を合わせた時も、木場が報告している様子はなかったが、鷲頭には何でも筒抜けなのだろう。

「水谷って、あの痩《や》せた出っ歯か。あれは俺が悪いんじゃねえよ。木場……さんが、余計なこと言うから」

「余計なこと？」

聞かれて、仕方なく隼人は、自分が鷲頭の女だと紹介され、水谷に馬鹿にされたことを明かした。それを聞いた鷲頭は楽しそうに笑う。

「そうか、なるほどな。木場なりの意趣《いしゅ》返しってワケか」

「何がなるほどだ。意趣返しって、あんたじゃなくて俺に返されてんじゃねえか」

「キャンキャン喚くな。お前が俺の女になったってのは、嘘じゃねえだろ」

「ふざけんな。俺は……」

女じゃない。言う前に、再び唇を塞がれた。強引なキスとは反対に、大きく骨ばった手が隼人の尻たぶをやんわりと揉《も》み拉《しだ》く。それだけで、男を覚え込まされた身体に甘い疼きが走った。

(俺は女なんかじゃない)

蕩《とろ》けそうになる思考の隙間から、ようやく理性を取り出して男を拒む。鷲頭は、わずかに眉を引き上げて不機嫌を表した。

「あんた、愛人が大勢いるんだってな。女だけじゃなくて、男も」

「さっきの話か。大勢ってほどでもない。こんな商売やってりゃ普通だ」

「遊は？　こないだは違うって言ったけど、あいつもその一人なんだろ」

　遊が鷲頭の沢山の愛人のうちの一人なら、彼が隼人と関係を持ち、他にも複数の若い男を囲っているというのもわかる気がした。性欲の強い遊が、たった一人の男を他人と共有し、順番が回って来るのを待っていられるはずがない。

　行為の最中に執拗に愛の言葉を欲するのも、愛人という不安定な立場のせいかもしれない。遊は彼なりに寂《さび》しさを紛らわせていたのかもしれないと、隼人は勝手に納得する。

　しかしその思い込みは、鷲頭の言葉にあっさりと否定された。

「最初に言っただろう。昔からの友人だ。身体の関係込みのな。確かに店のケツ持ちはしてるが、まあ友達サービスみたいなもんだ」

　セックスはするが、愛人でも恋人でもない。よくわからずに眉をひそめると、鷲頭はにやりと笑った。

「妬《や》いてるのか？」

「はあっ？　誰が」

　勘違いも甚《はなは》だしい。遊に色々と騙されていたのはショックだったが、彼を好きなわけではなかったし、鷲頭に対してはなおさら、この状況で好意など抱けるはずがない。

　なのに、自信たっぷりに妬いているのかと聞かれると、何となく胸の底がざらつくような気がするから不思議だった。

「心配しなくても、お前は俺の女だ。俺が飽きるまではな」

さらりと最低な言葉を吐きながら、ベッドに押し倒される。勝手な男だ。隼人は結局、この男の気が済むまで振り回されるしかない。それが強者であり、勝者の権利だ。しかし鷲頭の言葉を聞いた瞬間、彼に飽きられた時のことを想像して、どういうわけか途方に暮れた気持ちになった。

ストックホルム症候群、という単語が頭の中でひらめく。恐怖で支配された被害者が、生存本能のために加害者に依存する、心理反応だと聞いたことがある。鷲頭の酷薄《こくはく》な微笑に胸が甘く疼くのは、きっとそのせいだ。

押し当てられた唇に、無意識のうちに自らの舌を差し込み絡めながら、隼人は湧《わ》き上がる情欲にそんな言い訳を繰り返した。

翌日から、隼人は金城と行動を共にするよう木場に命じられた。

と言っても、ほとんどは金城が運転する車の助手席に乗り、木場の仕事先まで付いて行くだけだ。仕事らしい仕事はまだない。

行き先は近くにある飲食店だったり、或いは地元の区議会議員の自宅だったり、またある時は地方の町工場だったりした。木場が相手と何か仕事の話をする間、金城と車の中で待機する。特に仕事がない時は、『エイトフルーク』のオフィスに詰めていた。

金城はヤクザな風貌《ふうぼう》とは裏腹の、気のいい男だった。

先輩風を吹かせることもなく、生意気な隼人の面倒を何くれとなく見てくれる。

隼人が文字通り身一つで連れてこられ、汗をかく真夏のこの時期に着替えすらままならない身の上だと知ると、家から自分の服を持ってきてくれた。

「俺のじゃダサいけど、ないよりマシだろ。給料日まで我慢しな」

確かにダサいし古いし、サイズも合っていない。合わな過ぎて滑稽《こっけい》なので、半袖《そで》のＹシャツと部屋着用のスウェット以外は辞退したが、それでも彼は気を悪くした風もなく、

「お前、手足長くてモデルみたいだなあ」

と笑った。食事も奢ってもらった。牛丼やワンコインの定食ばかりだが、今の隼人には有難《ありがた》い。何より、金城の損得抜きの好意が心に染《し》みた。

今までの隼人であればそれでも、彼を馬鹿なお人よしだと鼻先で笑っていたかもしれない。しかし鷲頭に隷属《れいぞく》させられ、気まぐれに振り回されている今、何の下心もなく見返りも期待しない、金城の優しさが嬉しかった。

「あんただって安月給だろ。ろくなシノギもないくせに。大丈夫なのかよ」

それでも素直に礼が言えなくて、憎まれ口を叩くと、金城はこちらの本意を察したように照れ笑いした。

「弟分の面倒を見るのは当たり前だ。金がなくても、下のモンには食わせてやるもんなんだよ」

こちらがどんな態度を取っても変わらなかったから、隼人も徐々に打ち解けるようになった。

金城は二十五歳で、八祥組に入って一年半になる。元は割烹《かっぽう》料理屋の料理人だという。店主に騙されて闇金の借金を背負わされそうになったのを、鷲頭に救われたのが、八祥組に入る発端だった。救われたと言っても、鷲頭の行動は善意によるものではない。単に金城より店主の方が金が引けると判断したからだというが、その采配《さいはい》を見て男惚《ぼ》れした金城は、頼み込んで舎弟《しゃてい》にしてもらったのだそうだ。

「うちの組ってのは、大体が鷲頭さんに惚れ込んで入った連中ばっかなんだよな。駒ケ根さんなんか、元は別の組の若頭だったし」

駒ケ根というのは隼人を拉致した時にいた、あのホストもどきの男だ。とてもそうは見えないが筋金入りの極道で、元は六和会系の下部組織の幹部だったという。

組が解散した折に鷲頭に頭を下げ、数名の腹心と共に八祥組に入った。今は若頭補佐という肩書で、木場に次ぐナンバー3だ。

駒ケ根の年は三十一。木場はそれより三つ年上で、鷲頭は更に一つ上の三十五歳。組員の中には彼らより年上の者もいるが、全国に二万人の構成員を抱える六和会の直系組織であることを鑑《かんが》みれば、トップ3の年齢はかなり若いと言える。

八祥組それ自体も、まだできて十年余りと歴史は浅い。鷲頭が六和会の盃を受けてすぐ、会長から許されて起こした組だ。それより以前の鷲頭はT大で法学を学び、在学中に木場と非合法スレスレなグレーゾーンの会社を立ち上げている。

極道になる前から起業家として成功していた鷲頭は、六和会に入ってからより幅広い事業に関わり、暴力団にとって逆境とも言えるこの時代にあっても、順調に勢力を拡大させていた。六和会本部でも、日に日に発言力が増しているという。

一体、どういう経緯で一流大学の学生が胡散臭い山師《やまし》になり、やがてヤクザの盃を受けるに至ったのかは謎だ。或いは堅気だった男に、いきなり組を持つことを許した六和会も不可解だが、肝心の部分は金城も知らなかった。

「まあ、あの人に付いていけば間違いねえから」

という金城は、鷲頭を心の底から信奉《しんぽう》しているようだった。金城だけではない。八祥組の組員たちはみんな、鷲頭に対して強い憧憬《どうけい》を抱いている。

何もないところから金を生みだす才能と、極道らしい獰猛《どうもう》な男らしさ、それらが合わさった絶対的な強さのようなものが、アウトローたちを引き寄せるようだった。

実際、事務所にいる組員たちは曲者揃いだが、にも拘らず、鷲頭を筆頭とする幹部たちを中心に、不思議なほどのまとまりを見せている。

ただし若干の例外はあった。水谷という、初日に隼人に喧嘩を売って殴られた出っ歯の男と、彼といつも一緒にいる二人の若い男たちだ。

彼ら三人は正式に盃を受けていない、隼人と同じ見習いだというのだが、下っ端であるはずの彼らは何故か、事務所で横柄《おうへい》な態度を取っていた。

隼人に対しては礼儀にうるさい組員たちも、彼らには何も言わない。不可解に思っていると、金城が教えてくれた。

「三人はうちの組員じゃなくて、『猪井《いのい》組』の人間なんだ。もっとも、向こうでもまだ盃はもらってないらしいけどな」

猪井組というのは、八祥組と同じ六和会の二次団体だ。組長である猪井は六和会で若頭補佐を務《つと》める最高幹部の一人だった。

鷲頭より目上に当たる猪井から、ある日「そっちは人手が足りないだろうから」と無理やり押し付けられたらしい。

半年かそこら預かって、こき使ってやってくれと言われ、だから実際は見習いと言いながら、八祥組の客分《きゃくぶん》扱いになっている。

当初、猪井組のスパイではないかと警戒されていたが、ほとんど事務所にいてダラダラするだけで、今日に至るまで内偵などしている様子は見受けられない。

バックに猪井組がいるからか、常に横柄な態度を取り、虚勢を張る。試しに簡単な仕事を振っても中途半端に放り投げるので、みんないつしか放置するようになった。

　それでも彼らは気にした風もない。『エイトフルーク』では見習いにも毎月の手当が出るから、猪井組でこき使われるよりずっと楽なのだろう。

　そのうち猪井組に返されるとわかっているから、みんな何も言わないのだそうだ。

　隼人もあれから、顔を合わせる度に嫌味を言われる。特に水谷は、殴られたことを深く根に持っているようで、会えば険悪《けんあく》な空気になるが、隼人の方は極力相手にしないようにしていた。

　腹が立たないわけではないが、彼らの相手をするよりも、日々めまぐるしく動く周りの環境に適応することに忙しかったからだ。

　最初は木場に同行し、金城と共にじっと車で待つだけが仕事だった。正直つまらなかったが、運転手はボディガードも兼ねているのだと金城に言われ、待つだけの仕事にも意味があるのだと教えられてからは、不思議と苦痛を感じなくなった。

　最初に木場から言われた通り、都内の道も覚えた。

　認められたいからではない。期待されても困る。ただ、お前にはどうせできないだろうという木場の鼻を明かしてやりたい気持ちもあったし、金城が色々と親切に教えてくれて、無下にできないというのも理由だった。

　元々、事務所のある新宿は隼人のテリトリーだ。土地勘があり、どこに何があるのか覚えるのも早かった。しばらく経つと木場から、金城と交替で運転するように言われた。

「金城から聞いたぞ。もう道を覚えてるそうじゃないか」

眼鏡の奥の目が笑みを含んでいて、隼人は顔が熱くなるのを感じた。

「暇だからだよ」

思わずぞんざいな口調になってしまったが、木場は怒った風もなくただ笑い、頑張《がんば》れよと言った。

「うちはいつでも人手が足りないからな。金城も今まではフル稼働《かどう》だったから、人が増えれば楽になる」

それからは、金城が別の用事でいない時は一人で木場に付き、運転させてもらえるようになった。

他の組員に呼ばれて、ケツ持ちの店に回されたり、キリトリと呼ばれる貸金業の債権回収に同行することもあった。隼人のような尖った風貌と物怖じしない態度は、トラブルの収拾や癖のある債権者と対峙《たいじ》するのに適任なのだそうだ。

構成員が少なく人手が足りないせいか、水谷たちを除けば、隼人は八祥組の無頼たちにすんなりと受け入れられつつあった。

自分に居場所がある。無理やり連れて来られたはずなのに、この生活を嫌がっていない自分がいる。

　そんな内心の変化に、しかし隼人は目をそむけた。ほんのひと月足らずで飼い慣らされてしまった自分を、認めたくない。現状を受け入れることは、鷲頭に抱かれることを受け入れることに他ならない。

　鷲頭には、あれからもずっと抱かれ続けている。仕事なのかよその愛人宅に行っているのか、たまに一日家に帰って来ない日もあるが、帰ればほとんど必ず、隼人を抱いた。

　リビングで、バスルームで、あらゆるところで、鷲頭は己の本能のまま隼人を求めた。玄関先でいきなり裸に剝かれたこともある。横暴な男の態度に、隼人も一応の抵抗はするものの、すぐに溶かされてしまう。後ろを犯されることにも、すっかり慣れてしまった。

　乳首や前だけを弄られ、焦《じ》らすように後ろを触れられない時は、嫌だと思いながらも最後には自分からねだってしまう。そんな時の自分は女そのもので、後から我に返って死にたくなるような羞恥に襲われるのだった。

　ぐずぐずに身体を溶かされ、自分から欲しがるように調教されても未だ、隼人はそんな自分を受け入れることができずにいた。

「隼人、ちょっとこっちに来い」

夕方、事務所で待機していた隼人に、木場から不意に声が掛かったのは、八祥組に入ってから一か月が過ぎてからのことだった。

「今から、マンションに戻って鷲頭さんを迎えに行ってくれ」

奥にある木場のデスクに招かれるなり切り出され、隼人は驚いて木場を見た。鷲頭には今日、駒ケ根が付いているはずだ。

今はどこに行っているのか予定を聞いていないのでわからないが、事務所にはいない。

「駒ケ根さんに、何かあったんですか？」

今朝、鷲頭の家の玄関先で彼を見た時には、元気そうだった。普段は何をしているのか知らないが、時々、木場でも金城でもなく、彼が鷲頭の運転手に付く時がある。

そういう時、鷲頭がどこかいつもと違う空気を纏うことに、最近の隼人は気づいていた。

何が、とははっきり言えない。言葉も態度もいつも通りなのに、何かが違う。強いて言うなら緊張感だろうか。

それは駒ケ根も同じで、ヘラヘラとした軽薄そうな表情の奥に暗い影を感じる。彼らが裏社会の人間なのだとぼんやり実感し、行く先を聞いてはいけないのだと薄々悟った。

だから今日も、駒ケ根が一人で迎えに来ると聞いて早めに部屋を出ようとしたのだ。快楽に溶かされた顔で会いたくなかった。

だが身支度をしている最中に鷲頭に襲われ、朝から抱かれてしまった。シャワーを浴びて再び身なりを整えたのは、遅刻ギリギリの時間だ。鷲頭はともかく自分は遅れるわけにはいかないので、生乾きの髪のままスーツを着ると、玄関先に立っている駒ケ根に、

『あの、鷲頭さんは、もうすぐ出てくると思うんで……』

と、口ごもりながらもシャワーの音の聞こえるバスルームを指して告げた。いかにも何かありましたと言った状況だ。軽蔑《けいべつ》されるのではないかと身構えたが、駒ケ根はこちらの顔を見てちょっとため息をつき、

『お前も大変だなあ』

と言った。頑張れよ、と肩を叩かれ送り出されて、恥ずかしいような、ホッとしたような気分になったのだった。

そんな朝の出来事を思い出して一瞬、落ち着かない気持ちになったが、すぐに意識を正す。運転手が、しかもあの駒ケ根が変わらなければならない何かがあったのだろうか。

「駒ケ根は関係ない。鷲頭さんからお前に、直々のご指名だ。今夜、付き合って欲しい場所があるんだとよ」

「え、それはどういう……」

隼人でなければならない理由があるのだろうか。これまで鷲頭は、仕事で隼人個人に何かを言いつけてくることはなかった。隼人は木場の部下、自宅の外では隼人を特別扱いするどころか、世間話をすることすら滅多になかったのだ。

怪訝《けげん》に思って尋ね返すと、木場は「わからん」と言った。

「人と会って飯を食うそうだ。詳しい指示は鷲頭さんに仰《あお》げ」

「はい」

「今日の仕事がきちんと終わったら、これからはお前に鷲頭さんの運転手を任せるようになるかもな」

その言葉に、隼人は目を瞠《みは》る。

「それって……」

「最初は使えないクズを押し付けやがってと鷲頭さんを恨んだが、なかなかどうして、使えるってことがわかった。これからもこき使ってやるよ」

憎まれ口が、木場なりの激励だとわかった。照れ臭い気持ちに素直になれず、顔を俯けたまま「ぁざっす」とぶっきらぼうに言ったのを、「ちゃんと礼くらい言え」と、これは木場ではなく金城が笑いながら言う。木場も表情を和ませた。

仲間と認められたのだ、と思う。一か月前、無理やり連れて来られた隼人に、まるでゴミでも見るような目をしていた木場に。

このたったひと月の間に、隼人は確かに変わった。何がどうとは言えないけれど、生きることが億劫《おっくう》ではなくなった。食べ物の味がちゃんとわかるし、疲れていても充足感がある。よく眠った後のように、視界がクリアだった。

今の状況を、全て納得しているかと言われれば答えは否だ。正式に盃を受けていないとはいえ、自分がヤクザの事務所で働いていることに違和感がある。身を落とすというなら、今現在の立場は、以前よりももっと堕ちていると言えるだろう。グレーゾーンから、完全なる黒の世界に足を踏み出してしまったのだから。

だがそれにも拘らず、昔よりまともになった気がするのは何故だろう。

そう自問した時に隼人は、自分がずっと帰属するべき場所を探していたのだと認めざるを得なかった。

住む場所、仕事、そして仲間。隼人がこれまでに付き合ってきた人々は、金や一時の贅《ぜい》沢《たく》は与えてくれたが、居場所を与えてはくれなかった。根無し草となって人から人の間をたゆたい、そんなものに興味はない、不要だと目をそむけながら、本当は何よりも自分の居場所が欲しかったのだ。

それを与えてくれたのが、自分を無理やり凌辱した男だとは皮肉な話だが。

その鷲頭は自宅のマンションに戻っており、隼人が着いた時にはリビングのソファで夕刊を読んでいた。

「よお。早かったな」

ただそれだけなのに、この男は何をしても様になる。涼しげな麻地のスーツを身に付けていたが、そこに妖しい色気を感じて、隼人はどきりとした。

鷲頭は、取引先によって『顔』を使い分けている。ヤクザの気配を完全に消して、まっとうな実業家のようなたたずまいを見せることもあれば、がらりと雰囲気を変え、暴力の匂いをチラつかせることもあった。

今日はしかし、そのどちらでもない。ノーネクタイのシャツを品良く着崩し、トワレのトップノートを微《かす》かに匂わせている。これから夜の街に繰り出す世慣れた遊び人と言った風だ。下品なわけではないのに、毒々しい艶《あで》やかさがある。

そんな男の姿に我にもなく見惚《みと》れていると、こちらの視線に気づいたのか、鷲頭は笑みを濃くして立ち上がった。

「今日は、初めてお前とドライブだな」

骨太の指がつい、と隼人の顎のラインを撫でた。背筋にぞくりとしたものが立って、慌ててその手を払いのけた。

「ちゃんと仕事はしますから」

事務所にいる時と同じように、敬語を使う。家ではセックスするだけだったから、最初の頃と同じくぞんざいな言葉遣いをしていたが、今は仕事中なのだ。一歩下がって相手を見据えると、鷲頭はおや、という顔で片眉を引き上げた。

「何だ。木場にずいぶんと厳しく調教されたみたいだな」

揶揄するような口調にムッとした。嫌々連れて来られたのは確かだし、今だって納得していない。だがこの一か月、自分なりに努力してきたのだ。木場からだけでなく、金城や駒ケ根、他の組員たちにだって、色々なことを教わった。

先日、初めて給料をもらったときは純粋に嬉しかった。今まで人にたかってもらってい た金に比べれば、大した金額ではないし、決してまともな仕事ではなかったが、隼人は満足していた。

鷲頭の言葉は、そういうささやかな充足を馬鹿にしているようで不愉快《ふゆかい》だ。

「俺はまだ、自分がヤクザになるなんて納得してねえよ。けど、金城さんたちには世話になってるし、そういう人たちに唾吐くようなことしたくないから。俺は俺なりに一生懸命やってるつもりなんだけどな」

迫力で気圧《けお》されそうになるのを、精一杯睨み上げる。面と向かって鷲頭に逆らうのは初めてだった。生意気だと、また殴られるかもしれないと思ったが、ここで卑屈になるのは嫌だ。

鷲頭は一瞬、大きく目を見開いたが、すぐにふっと目元を和《なご》ませた。

「……そうか。そりゃ悪かった」

謝られるとは思わなかったから、驚いた。目をいっぱいに見開く隼人に、鷲頭はまた笑う。それはいつもの人を食った笑みとは違う、優しい微笑みだった。

「ま、頑張れ」

頭に触れた温かいものが、鷲頭の手のひらだと気づくのにしばらくかかった。くしゃりと髪をかき混ぜられ、そのまま離れて行く。いやらしく首筋を撫でられることもなかった。

「え……」

妙《みょう》にどぎまぎする。急に優しくするなんて、反則だ。だが鷲頭は、そんな隼人の胸の内さえ読んだように、ニヤッと笑った。

「ボケッとするな。行くぞ」

いつでも余裕ぶっているこの男が憎らしい。

車に乗り込むと、青山《あおやま》にあるレストランの場所を告げられた。表向きは別の人間が所有しているが、実際には鷲頭の持ち物だということは、隼人も知っている。

そこで、ある人物を接待すると言う。

「六本木《ろっぽんぎ》の『華乱《からん》』ってショーパブをやってる、店のオーナーだ」

その名前には聞き覚えがあった。以前、付き合っていた相手がそこのダンサーだった。

「ニューハーフショーの店だろ。確かオーナーもニューハーフで、銀座《ぎんざ》のホステス上がりだって聞いた」

年齢不詳だが、かなりの美人らしい。その昔、まだニューハーフという言葉が一般的でなかった頃、自らの素性を偽って完全な女性として、銀座の高級クラブで働いていたという。そこで出会ったパトロンとショーパブ『華乱』を立ち上げ、今では都内にいくつもの店を構える実業家に成長していると聞く。バブル崩壊後に異例の成功を遂《と》げた彼女は、ニューハーフたちの憧《あこが》れだった。

隼人が自分の情報を告げると、鷲頭はふうん、と面白そうに鼻を鳴らした。

「お前も伊達《だて》にヒモをやってないな。意外と情報通だ」

「情報ってほどじゃないだろ。誰でも知ってるようなことだし」

「木場から聞いてる。うちの事務所の界隈のことで、こっちの知らないような情報も出てくるってな」

「そうなのか?」

時々、木場から新宿近辺の店やそこで働く人物について、「何か知っているか」と尋ねられることがあった。振られる話の内容はいつも、隼人のかつての愛人たちが噂《うわさ》をしたり愚痴《ぐち》ったりする事柄だったから、伝聞形で答えただけだ。ただの世間話だと思っていた。

「素地があるってのはいいことだ。こういう業界では特にな。聞きかじってるだけでも構わない。何となくでも把握していれば、別の場所でその話を聞いた時にはったりがきく」

「そういうもんなのか」

まだ、よくわからない。だが情報が大切だというのは納得できる。

「これから会う皐月《さつき》ママも、そういう有象無象《うぞうむぞう》の情報で立身したんだよ。今じゃ立派な実業家だ。その彼女には、今度うちで出す店の出資者となってもらいたい。今夜の接待はそのためだ。お前にも同席してもらう」

「え、でも」

「ママのご指名なんだよ。噂の新人に会いたいんだそうだ。元ヒモの本領を発揮して、せいぜいご機嫌を取ってやれ」

　急にそんなことを言われても困る。そもそも噂の新人とは何だ。

「俺、女の機嫌なんか取ったことねえよ」

「何だそれは。ご自慢か？」

「違う。マジでよくわからないんだよ」

　ヒモだったと言われればそうだが、商売にするほどの気概《きがい》があったわけではない。元銀座のホステスで、酸《す》いも甘いも嚙み分けたニューハーフに気に入られる自信などなかった。柄にもなく弱腰になっていると、鷲頭は愉快そうに笑った。

「心配しなくても、素人のお前に商談させようなんて思ってないさ。皐月ママはお前の顔を見てお喋《しゃべ》りがしたいだけだ。彼女、若くて見てくれのいい男が好きだからな。せいぜい可愛がってもらえ」

「余計に怖い」

　呟くと、鷲頭はまた笑った。今日の鷲頭は、いつもベッドで隼人を残酷に翻弄《ほんろう》する彼とは違う。自分を見る彼の目が普段より優しく感じられて、落ち着かなかった。

それに、自分が鷲頭に対して弱音を吐いたり、「怖い」と口にしたのも不思議だった。快楽に負けて許しを乞《こ》うことはあるが、だからこそ、彼に対して弱い部分を見せまいと気を張っていたのに。木場が隼人を受け入れたように、鷲頭や隼人自身の意識が変わってきているのだろうか。

隼人たちが店に着くとほどなくして、皐月が現れた。

ホステスから立身出世した実業家だというから、どぎついイメージを持っていたが、予想に反して現れたのは、おっとりとした上品そうな女だった。

落ち着いた薄水色の着物を着て、元ホステスというより、資産家の奥方といった雰囲気だ。計算すれば五十近いはずだが、三十代にしか見えない。彼女が元は男だったとは、同じニューハーフでも気がつかないかもしれない。

「この子が隼人？」

高級フレンチの個室に招かれた皐月は、鷲頭の後ろに控える隼人を見るなり、はんなりと微笑んだ。

「思っていたのとタイプが違ったわ。でも可愛いわね」

慈母《じぼ》のように微笑む女の目の奥に、ねっとりとした物を感じ、ちょっとゾクリとする。

「何だ、タイプって」

ママの言葉に対して、鷲頭はぞんざいに尋ねた。接待と言っていたが、どうやら鷲頭と皐月は、以前から親しい仲らしい。お互いの口調はくだけたものだったし、鷲頭の態度も取引相手というより、身内に対するそれに近かった。

「うーん、遊ちゃんみたいな子？　でもそうね。遊ちゃんの彼氏だったんだっけ。同じタイプだったらレズになっちゃうわね」

唐突にかつての恋人の名前が上がり、ぎくりとした。この女は遊のことも、隼人がどういう立場だったのかも知っているらしい。困惑する隼人に気づき、鷲頭が説明してくれた。

「俺が十代の頃からの知り合いだ。遊のことも、当時から良く知ってる」

「クラスメートだったのよね。二人がブレザー着て高校行ってたなんて、今じゃ想像できないけど」

鷲頭と遊は古馴染みだと言っていたが、同級生だったのだ。皐月の言葉に苦笑する鷲頭も懐《なつ》かしそうだった。それが今まで見たことのない表情だったから、はっとする。懐かしくも苦い記憶、それを慈《いつく》しむようだった。

この男にも、懐古《かいこ》して切なくなるような青臭い思い出があったのか。

当たり前と言われればそうだが、信じられなかった。だがきっと、彼の十代は隼人が同じ年の頃よりずっと大人びていたに違いない。

席に着くと、食事の合間の会話は二人の思い出話がメインで、後は隼人をいじることに終始された。お陰で慣れない高級フレンチのマナーに力むこともなかったけれど、二人がかりでからかわれて、ムッとするような、しかし仕事はまっとうしているような、複雑な心境だった。

　鷲頭も皐月も良く食べ、良く酒を飲んだが、デザートになってもまったく酔った様子がない。隼人は車があるのでペリエだけだ。

　食事が全て終わっても、それでお開きにはならなかった。「飲み足りないわ」という皐月の一言で、もう一軒となった。車に皐月を乗せ、鷲頭の指示で六本木の、やはり鷲頭の所有であるバーに移る。そこで「隼人も飲みなさいよ」と言われ、結局、車を置いて、後で代行を頼むことになった。

　バーに個室はなく、代わりに奥まった、他の客席からは顔の見えない一角に通された。背の低いソファシートで、皐月を挟んで鷲頭と隼人が両脇に並ぶ。

「両手に花ね」

　と、皐月は若い娘のようにはしゃいだ。鷲頭を見上げる時の皐月の目がキラキラとしていて、隼人はふと、彼女は鷲頭が目当てなのではないかと思った。ならば隼人がいるより、二人だけにした方が上手くいくのではないか。

　鷲頭も皐月の視線に気づいているはずだが、何食わぬ顔をしている。そしてしばらくすると、おもむろに席を立った。

「ちょっと電話してくる。頼んだぞ」

隼人に囁いて去っていく。唐突に皐月と二人きりにされて困惑とした。どうしてこんな時に、と恨めしげに鷲頭の背中を見送ったが、皐月はくすっとおかしそうに笑った。

「そんなに緊張しないで？　私が君とお話してみたいって、譲介もわかったんでしょ」

皐月は言うと、ジンのグラスを水のように飲み干した。彼女はシャンパンやカクテルより、ジンが好みらしい。隼人も勧められて、断れずにグラスの中の酒を飲む。

「俺と？」

「そうよ。あの譲介と同居してる子って、どんな子かしらと思ったの」

「同居っていうか……俺がどうして連れて来られたのか、知ってるでしょう」

遊の元愛人だということまで知っていたのだ。当然、遊の元から鷲頭の支配下に置かれた経緯を、彼女が知らないはずはない。

アルコールの回りかけた頭で考え、じろりと睨むと、皐月は楽しげに目を細めた。

「遊ちゃんにオイタをして、譲介にお仕置きされたのよね」

「……や、だから、同居なんて穏やかなもんじゃないっすよ」

一か月が過ぎても相変わらず、隼人は鷲頭の性欲処理の道具だ。好きな時に好きなように貪られる。だがさすがにそうは言えず、「毎日こき使われてる」とぼやいた。

「でも譲介が他人と住むなんて、初めてなのよね。男でも女でも相手は沢山いるけど、自分のテリトリーにはなかなか入れたがらないから。遊ちゃんとだって暮らしたことなかったでしょ。だからすごく興味が湧いて、会わせてって頼んだの」

そういえば、愛人が何人もいると聞いている。だが話だけで、隼人にはその存在があまり感じられずにいた。鷲頭の下に連れて来られてから今日まで、彼は毎日、仕事に忙殺されている。疲れを吐き出すように隼人を抱くが、複数の相手と楽しむ余裕はなさそうだった。

しかし時々、一日家に帰ってこない時があるから、或いはそういう時に愛人のところへ出向いているのかもしれない。

「遊と鷲頭さんて、どういう関係なんですか」

愛人よりも、そちらの方が気になった。身体の関係だけがある、高校時代の同級生。けれど愛人ではないと言い、なのに遊の面倒を見ている。

「遊ちゃん？　遊ちゃんはね、譲介の初恋の人」

ハツコイ、という響きに何故か、どきりとした。女はそんな隼人の反応を窺うように、じっと見つめている。

「高校生の頃、譲介は遊ちゃんが好きで好きでたまらなかったのね。でも振られちゃったのよ」

先ほど、高校時代の話をする皐月に、鷲頭が懐かしそうに目を細めていたのを思い出す。

初恋。そんな初々しい気持ちが鷲頭にもあったのだ。

「でも、今でも身体の関係はあるって聞きましたけど」

一度は振って振られた関係なのに、今でも身体を合わせている。なのに恋人でも愛人でもない。一層不可解だ。

「そうねえ。遊ちゃんが譲介のことを、どう思ってるかわからないけど。遊ちゃんはあたしと一緒で、チンポ咥えてないとダメな人だから」

突然、上品そうな女の唇から下品な言葉が零れて、隼人はぎょっとした。目を見開く隼人に、皐月はいたずらが上手く行った子供のようにコロコロと笑った。

「意外と初心なのねえ。これじゃあ、遊ちゃんの相手は大変だったでしょ。彼、セックス大好きだから」

「はあ、まあ」

遊が性欲過多であるのは、身内の間では有名なことらしい。皐月は、自分もそうだからわかるけど、と前置きをして続けた。

「恋愛体質って言葉があるけど、あれと同じね。男とセックスしてないと不安なの。ヤッてもヤッても足りなくて、あとセックスのやり方にこだわりがあるから、大抵の男はドン引きするし。それでもいいって男は自分より変態だったり、DVだったりして。意外と苦労するのよ」

隼人はやはり、「はあ」と生返事をするしかない。

「それでまあ、竿が足りなくなると、譲介に借りに行くのよ。譲介も惚れた男が抱いてくれって言うんじゃや、断れないでしょ」

酔って来たのか元々こうなのか、皐月の言葉はあけすけだ。口調もさばさばしている。

「何か、因果っすね」

「あら、そうね。そう、因果ってやつね」

返答に困って何気なく言ったのだが、皐月はその言葉が気に入ったらしく、「因果」という言葉を何度か繰り返した。

そういうものを、遊だけでなく彼女自身も抱えているのだろう。同性愛が今ほど大っぴらでなかった時代から、男でも女でもない性を生きてきたのだ。しかし、皐月の柔らかな美貌からは、苦労の跡は窺えない。

「ママ……皐月さんは、鷲頭さんとソッチの関係はあるんですか」

ふと思いついて、隼人は尋ねた。だが、物言いが率直すぎたらしい。皐月はぱちぱちと目を瞬《またた》かせ、それからまた笑い出した。

「やあねえ急に。何でそんなこと聞くの」

「はあ。何となくです。すんません」

謝ると、皐月はふふっと笑った。

「あたしは何度もお願いしてるんだけどね。でもあたしたちの間にはちょっとしたしがらみがあるから、譲介は相手にしてくれないの」

それも鷲頭にしては意外だった。利用価値の高そうな相手に誘われて……それが自分よりずっと年上のニューハーフであっても……彼は拒まない気がしたからだ。

鷲頭と皐月の関係を知りたかったが、その疑問を投げるより先に皐月が尋ねてきた。

「隼人はどう？　譲介に抱かれて。良かった？」

「……なっ、えっ？」

意表を突かれ、持っていたグラスが揺れる。数滴の酒がグラスから零れて隼人の太腿《ふともも》を濡らした。皐月はその狼狽《ろうばい》ぶりにクスクス笑い、おしぼりでつい、と濡れたスーツの布地を撫でる。サーモンピンクにコーティングされた小指の爪が太腿を薄く掻き、隼人の足がビクリと跳ねたが、皐月は素知らぬ振りをしていた。

「正直、あなたくらいオスっぽい男って、譲介の愛人にはいなかったのよね。女か、ちょっと中性的な男だけ」

「ムサくて悪かったですね」

拗《す》ねて言うと、皐月は優しい母親の顔で微笑んだ。

「ムサ苦しくなんかないわ。ちょっと色気が足りないけど、美形だし、ワルっぽいところも素敵よ。あっちも強そう。これで……今までいろんな子を泣かしてきたんでしょ？」

するりと、皐月の白い手が蛇のように股間に伸びてくる。やんわりとズボンの縫い目を辿る指先に、隼人はどう反応して良いのかわからない。

「ちょ……」

接待というのは、こういうことも込みなのだろうか。自分の母親の年のニューハーフなんか抱いたことがないぞ、と、いつまでも帰ってこない鷲頭を恨めしく思う。

焦る隼人に、皐月は楽しそうだった。座る位置もいつの間にか近づいていて、身体がぴったり密着している。

「でもそうね。いきがってる若い男を、ベッドであんあん泣かせてみたいっていうのは、わかる気がするわ」

「いや、あんあんって……」

女の指はやんわりと股間を這うだけだったが、ねっとりと囁かれる言葉には呪力があるのか、いかがわしい気分になる。

「言わないの？　譲介に毎日犯されてるんでしょ。赤くなって、可愛いわね。あたしも、大きいワンコが一頭、欲しかったのよね」

執拗に撫でられては、さすがにズボンの下の物も固くなってくる。どう振り払ったものかと困惑しながら、隼人の身体は徐々に後ずさっていった。

「……だいぶ、盛り上がってるようだな」

不意に背後から声を掛けられて、隼人と皐月は同時に振り返った。鷲頭が数歩離れた場所から、覗き込むようにこちらを見ていた。

「ええ。とっても」

手をひっこめながら、皐月がにっこりと上品に笑う。隼人もホッとしながら、慌てて居ずまいを正した。男は何事もなかったかのように皐月の隣に腰を下ろす。

「どうだ、うちの若いのは」

鷲頭が皐月に言った。狡賢《ずるがしこ》そうな男の表情につられるように、皐月の目も細くなる。

「気に入ったなら、持ち帰ってもいいぞ」

さらりと告げられた言葉に、隼人ははっとして男を見た。皐月は元々わかっていたのか、驚いた顔もしない。

やはり、そういう意味で接待を任されたのだ。皐月に差し出されるために。

それを悟った途端、酷《ひど》く傷ついている自分がいて、隼人は困惑した。別に、他の男に犯されるわけではない。好きでもない女を抱くことだって、今まで散々やってきたことなのだ。今さら躊躇うこともない。些《いささ》か年上すぎるとはいえ、皐月ほどの女を相手に萎《な》えることもないだろう。

だから傷ついたのは、別のことが原因だった。

自分が鷲頭にとって、誰にでも簡単に貸し出せる相手だったことが悲しい。まるで道具のように扱われるのが。

だがそんなことを考えるのはおかしい。鷲頭との間には、特別なものなどありはしないのだ。

鷲頭に抱かれるのは、隼人が彼の身内に対して起こした面倒事の『落とし前』をつけるためであり、舎弟になってこの場にいるのも同じ理由だった。鷲頭に何ら期待を寄せてはいない……そのはずなのに。

「そうねえ」

皐月が隼人を見る。心細そうな顔をしていたのかもしれない。女はちょっと驚いたように目を瞠り、それからくすっと笑った。母親のような、温かい笑いだった。

「やめとくわ。今夜は飲み過ぎたもの」

その答えに、隼人は我知らずほっとする。鷲頭も、それ以上は何も言わなかった。立ち上がり、皐月をエスコートする。隼人も慌てて鷲頭に習った。

「仕事の詳しい話は、また連絡する」

鷲頭が言い、女の口の端に軽くキスをすると、彼女もそれを受けながら、「よろしく」と答える。交渉締結《ていけつ》の印だったらしい。鷲頭が既に手配していたのか、玄関には車が二台停まっていた。

「じゃあね、隼人。また飲みましょ。今度は二人きりで」

ひらひらと白い手を振る。リムジンに乗る間際、隼人の頬に軽くキスをして去って行った。車が通りの向こうに見えなくなるまで見送って、鷲頭と隼人も後ろの車に乗った。

「気に入られたみたいだな」

後部座席に並んで座りながら、からかうように鷲頭が言う。彼に売られかけたことを思い出し、隼人はまた、意味もなく悲しくなった。

「あの人、本当はあんたが目当てだったんだろ。自分で相手をすればよかったのに」

「彼女が言ったのか？」

「まあな。粉かけてるのに、あんたが乗ってくれないってさ。何でだ？」

ただの素朴な疑問だった。男の愛人もいるのだから、ニューハーフだって抱けるだろう。貞操観念など皆無なのだから、相手を利用するために身体を使うのは、どうということはないはずだ。出資の件があるならなおさら、一度くらい抱けばいいのに。どうしてそれをしないのか。

「あの人は、なあ」

答えるべきかどうか、珍しく迷うようにぐるりと目を回す。やがてぽつりと言った。

「皐月ママは、俺の父親の愛人だったんだよ」

「親父《おやじ》さんの？」

「そう。そのオヤジさんな。俺の父親で、親父でもある」

謎かけのような物言いだ。隼人は首を傾《かし》げた。

「どういうことだ？」

「三井幸雄《みついゆきお》。六和会の今の会長が、俺の父親なんだよ」

「あんた、会長の息子だったのか」

だから父親で親父、なのだ。

極道社会では組織を家に見立て、その長を『親』と仰ぐ。隼人にとっては鷲頭が『親父』だ。若頭の木場は、さしずめ長男と言ったところだろうか。八祥組の組員たちも、極道同士で話をする時は鷲頭のことを『組長』や『社長』とは呼ばずに、「うちのオヤジが」などと言う。

その鷲頭は三井会長から盃を受け、六和会の一員となったから、三井会長が彼にとっての『親』なのだ。

しかし本当に血が繋がっているとは初耳だった。驚いたが、それならばヤクザでなかった男がヤクザになり、すぐに自分の組を持つことが許されたのにも納得がいく。極道渡世《とせい》は世襲制ではないが、会長の実の息子ともなれば、組織内においてその出自《しゅつじ》は少なからず加味されるだろう。

「鷲頭は母方の姓だ。母親が籍を入れたがらなかったんでな。三井の親父にも愛人は沢山いたが、女房と呼んだのは俺の母親だけだった」

「だった、って」

過去形で語られることの意味に思い至り、慌てて口を噤《つぐ》んだ。鷲頭はだが静かに「死んだよ」と答える。

「俺が十八の年だ。親父の仕事のいざこざに巻き込まれた」

何と言ったらよいのかわからなかった。

「ごめん」

鷲頭はそういう反応に慣れているのか、口の端に苦笑を浮かべ、「お前が謝る必要はない」と言った。

「親ってのは、遅かれ早かれ先に死ぬもんだ。まあ原因が原因だったから、親父とは険悪になったな。その前から仲は良くなかったが。皐月ママは、お袋が亡くなる前からの愛人で、お袋が亡くなった時も世話になった」

三井会長と息子の間に入って、何かと橋渡しをしてくれたのだという。

「それから五年くらいして、親父と縁が切れた時、俺のところに来た。向こうも色々と旨味のある六和会の人脈を切りたくなかったんだろうな。だが断った。自分の親父と、女を共有するなんてまっぴらだ」

逆に言えば鷲頭の父親の愛人でさえなければ、抱いてもらえたのだ。そう考えると、皐月が気の毒になる。

「遊はあんたの初恋だったんだな。しかもあっさり振られたって聞いた」

何となく、皐月のために意趣返しがしたくなって、隼人は意地悪くそう言った。少しは感情を見せるかと思ったのに、男は軽く笑っただけだ。

「初恋ねえ。甘酸っぱい響きだな」

だが否定はしない。こちらから仕掛けたくせに、胸の奥にモヤモヤしたものが湧き上がるのを感じた。

「遊に惚れてるんだろ。今でも」

つい聞いてしまってから、どうして自分はそれを気にしているのだろうと思う。鷲頭が面白そうに隼人を見た。

「妬いてるのか？」

「誰が」

「じゃあ拗ねてるんだな。俺が勝手に彼女に売ろうとしたのを怒ってるのか」

「そうじゃない」

向きになって答えたが、本当は鷲頭の言う通りかもしれない。自分でもよくわからない。

俯く隼人に、隣から伸びてきた手がくしゃりと頭をかき混ぜる。

「疲れたな。帰ったら軽く運動して、とっとと寝るか」

「運動しないで寝ろよ」

今夜も抱かれるのだ。それを聞いて、ほっとしている自分がいる。心の奥で自覚しながら、隼人はしかし、それ以上己の感情を探るのをやめた。

頭を撫でる、男の手のひらが温かい。その温かさに隼人は何故か、広い場所に一人で取り残されたような、心細さを感じるのだった。


翌朝、事務所に顔を出すと、これからはしばらく鷲頭に付くよう木場に言われた。

実際は鷲頭からの指示だというが、朝まで一緒にいた隼人に直接言わず、兄貴分で直属の上司たる木場にまず話を通したのは、組長としてのけじめらしい。

破天荒《はてんこう》なようでいて、その辺りはきっちりしているようだった。

「一応、意見を聞いとくが。お前、やる気あるか」

人のいない応接室まで隼人を呼びつけた木場は、鷲頭の言葉を伝えると、思案げな顔でそう尋ねてきた。

「もちろん、ありますけど」

昨日は隼人を認めるようなことを言っていたのに、どうして今さら、そんなことを聞いてくるのか。ここに連れて来られたのも無理やりだったのだから、隼人の意見など聞く必要はないだろう。

「俺に付いてた時と違って、鷲頭さんのプライベートの用事にも付き合わなきゃならん」

それは隼人も知っていた。組の長たる鷲頭が、一人で出歩くことはまずない。どんな近場でも必ず誰かが付いていく。それは、鷲頭が特別な立場であると周囲に知らしめるためであり、セキュリティを考慮してのことでもあった。

本来なら若頭である木場にもそうした配慮は必要なはずだが、自分は鷲頭や駒ケ根ほど顔が売れていない、という木場の言い分により、人が付くのは仕事で出る時だけだ。

「女のトコとか男のトコとか、送り迎えに行かされんだぞ」

いいのか、と畳み掛けてくる男に、隼人もようやく相手の言いたいことが見えてきた。

(何だそれ。俺が嫉妬するとでも思ってるのか)

自ら望んで鷲頭に抱かれているわけではない。組の仕事に励《はげ》むのと、鷲頭との関係を受け入れるのとはまた別だ。

確かに、初めの頃のような抵抗は薄れてきていた。日を空けずに抱かれ続けているせいで、身体に受ける負担も少なくなってきている。だがそれを、隼人の意思で抱かれていると思われるのは心外だ。

「別に、問題ないですよ」

余計な気遣いだと不貞腐れながら言うと、木場は珍しく困った様子で、つるりとした頭を撫でた。

「俺には色恋ってのは、特に男同士のことはよくわからん。しかしそれはともかく、お前は曲がりなりにも俺らの身内だ。問題になりそうなら、いつでも言え」

この男なりに、隼人のことを心配しているのだとわかった。最初はアンドロイドのように見えた木場だが、実は情の深い人間なのではないかと、最近では思うようになっていた。

「……ぅす」

礼を言うのも妙な気がして、ぎこちなく頷く。その時、応接室のドアがノックされた。

「木場さん、いますか」

駒ケ根の声だった。隼人が出社した時にはいなかったが、いつの間にか事務所に顔を出していたらしい。おう、と木場が返事をすると、ドアが開く。

「本部から電話です。鷲頭さんが留守なんで」

「すぐに行く」

言うなり木場はするりと、流れるような速さで駒ケ根の脇を抜けて行った。それを追いかける駒ケ根の後を隼人も追う。

本部から、と言われた時、木場の顔が一瞬強張ったのに、隼人は気づいていた。駒ケ根の飄々《ひょうひょう》とした態度はいつものことだが、そこにも微かな緊張が見て取れる。

「何か、あったんですか」

問いかけに、駒ヶ根は色褪《あ》せた茶色の頭を傾げた。隼人に話したものかどうか、わずかに思案げな素振りを見せた後、「ちょっとな」と、口を開いた。

「本部に、市東《しとう》っていう爺《じい》さんがいるんだ。先代の会長とは五分の兄弟だった、古参の大幹部だ。だいぶ前から身体を悪くしてたんだが、最近また思わしくなくてな。今日、入院したと連絡が入った」

市東は、現在の六和会会長である三井や、三井の兄弟分である猪井から見れば親の兄弟、つまりは叔父貴分に当たる存在だった。代替わりの少し前に喉頭《こうとう》がんを患《わずら》い、一線を退いていたが、先代の死で跡目争いが起こった際には、仲介役になるなどして六和会の内紛を治めていた。

「三井さんが会長をやってることに関して、今でも面白く思ってない連中がいる。猪井組はその筆頭だな。市東さんの存在は、そういう派閥を宥《なだ》めて抑えてたんだ。その抑えがいなくなったら、反対派閥がまた台頭してくる。鷲頭さんは三井会長の派閥だから、うちらもきな臭くなるだろう」

駒ケ根は、鷲頭が三井の息子であるとは言わず、そんな風な言い方をした。

「今すぐどうこうってことはないだろうがな。この業界、何があるかわからないから、お前もそこら辺を含んどいてくれ」

ぽん、と隼人の肩を軽く叩いて去って行った。またどこかに出かけるらしい。

隼人も『大部屋』へと向かった。応接室とは廊下を挟んで向かい側にある。その間に給湯室があった。会社という体裁を整えるためなのか、暴力団事務所にもお茶を汲《く》むスペースがなくてはならないのか、冷蔵庫と電子レンジを備え、お茶やコーヒーの他にも構成員たちが勝手に持ち寄ったカップ麺《めん》やスナック菓子などが置いてある。

人がちょくちょく出入りする場所だから、給湯室から人影が現れても別段、不審には思わなかった。すっと行く先を塞ぐように現れた影に、隼人は咄嗟に後ろへと退いた。ただタイミングがかち合っただけと思い、「すんません」と頭を下げる。だがそこにいたのは水谷だった。

もう折れた鼻はくっついたようだが、隼人と会うとその度にわざとらしく鼻をさする。

「よお」

卑屈な笑みを浮かべながら、水谷は手を上げた。隼人も無言のまま軽く会釈をする。

「今度は鷲頭さんに付くんだって？　やけに出世が早いじゃないか。なあ、やっぱケツ振っておねだりしたのかよ」

隼人は相手にしなかった。腹を立てる価値もない相手だということがわかってきたからだ。

猪井組から来ている残りの二人は、水谷ほど尖ってはおらず、また事務所で暇を潰すのに飽きたのか、水谷と離れて他の組員たちと行動することも多くなってきた。最近では水谷一人が、向きになったように事務所でぶらつく姿を目にすることがある。

敵対する派閥の構成員たちと慣れ合うことを良しとしないのか、それとも単にひねくれているからなのか、隼人にはわからない。興味もない。ただ時々こうして、思い出したように絡んでくるのが鬱陶《うっとう》しい。

相手を無視して通り過ぎようとすると、水谷は気色ばんで行く先を阻《はば》んでくる。

「おいっ、無視すんじゃねえよ」

隼人も負けじとガンを飛ばした。隼人の方が十センチ以上背が高く、自然と相手を見下ろす形になる。

「お前こそ、グダグダうざってえ奴だな。そんなに言うなら、てめえが組長の前でケツ振ってみろ。汚い出っ歯のケツなんざ、誰も相手にしねえだろうけどな」

鼻先で笑ってみせると、水谷の顔にさっと朱の気が走った。

「調子こいてんじゃねえぞ、このオカマが」

憎しみのこもった目がこちらを睨む。喧嘩を売るならば、買うつもりだった。

一触即発《いっしょくそくはつ》の二人の間に割って入ったのは、『大部屋』から顔を出した木場の声だ。

「どうしたんだ、お前ら」

木場を見るなり、水谷はスッと隼人の身体から離れた。

「別に、どうもしませんよ」

木場は水谷と隼人の顔を交互に見たが、隼人に向かって「車回しとけ」と言った。

「今日までは俺に付いてもらう。午後から不二《ふじ》工業さんとこに行くから」

はい、と頷く隼人の後ろで、「けっ」と小さく吐き捨てるのが聞こえた。

「何だ、水谷」

木場は目を細めて水谷を見てから、隼人に「早く行け」と命じた。隼人は黙って頷き、水谷の横を通り過ぎてエレベーターへと向かう。去り際、水谷と目が合った。

じっと下から睨み上げてくる暗い目に、侮蔑ではなく深い憎悪を感じて、隼人は眉をひそめた。そこまで強い感情を向けられる理由がわからない。

だが隼人はすぐにその疑問を振り払った。とにかく今は仕事だ。

その後はいつも通り、木場の運転手として彼について回り、夜遅くにマンションに戻ったが、鷲頭はその日、帰ってこなかった。

朝になって駒ケ根から電話があり、とあるマンションの住所を教えられて、鷲頭を迎えに行くよう指示される。

『鷲頭さんの愛人とこだよ』

駒ケ根が相変わらず軽い声で言ったが、別に驚かなかった。これまでも家に帰って来ない日は、愛人の家にいるのかもしれないと薄々思っていた。わかりましたと事務的に答え、隼人は指定された住所まで車を回した。

中野《なかの》にある真新しいマンションに行き、インターホンを押すと、中から若い男が出てきた。年齢は隼人と同じくらいだろう。小柄で、目鼻立ちのはっきりした綺麗な男だ。

薄物のシャツとジーンズという恰好だが、大きく開いた襟元《えり》からのぞく薄い胸が扇情的だった。襟の合わせの隙間からちらりと赤いうっ血が見えて、隼人はすっと目を逸らす。

「譲介なら、もうすぐ出てくるから。ちょっと待ってて」

しかし青年は慣れているのか、にこやかな表情のまま、さっと襟元をかき合わせて部屋の奥へと消えて行った。奥から「早くしなよ。迎えの人が来てるよ」などと青年の声が聞こえる。しばらく経って、スーツをきっちりと着こなした鷲頭が顔を出した。

「おはようございます」

と、隼人が部下に徹して身を折るのに対し、鷲頭もまた鷹揚《おうよう》に「朝から悪いな」と返す。

後ろから付いてきた青年へ向き直ると、じゃあまたな、と言った。青年は「もう」と怒った素振りを見せる。

「それだけ？　久しぶりに会ったのに、ちょっと冷たすぎない？　また連絡するよ、とか言ってくれてもいいいんじゃないの」

「わかったよ。うるせえなあ。また連絡するよ」

「何で棒読みなんだよ」

おざなりに鷲頭が言い、青年が更に怒った顔をする。とはいえ、二人とも本気で言い合いをしているのではなく、じゃれ合いのようなものだ。

鷲頭が宥めるように青年にキスをするのを、隼人はそっと視線をずらして見ないようにした。

別に嫉妬しているわけじゃない。と、誰に言うでもなく、心の中で呟く。誰だって、朝っぱらから人がイチャついているのなんか見たくない。

「悪いな。また当分来られないが、いい子にしててくれよ」

最後には真摯《しんし》な声で言い、鷲頭は青年の抱擁《ほうよう》を解いた。キスと共に身体中をまさぐられていた青年は、とろりと淫蕩《いんとう》な顔を上げる。少し寂しそうな顔をして、「またね」と鷲頭を見送った。

こういうやり取りを今後、何度となく見せられるのだろうか。そう思い、隼人は早くもうんざりしていた。顔に出さないようにしていたが、車のドアの開閉は乱暴になっていたかもしれない。

後部座席に乗った鷲頭は、今日これから行く先を告げながらニヤニヤと笑った。

「今夜はうちに帰る。ちゃんとお前を可愛がってやる体力はあるから、安心しろ」

「心配してねえよ」

「寂しい思いさせたんじゃないかと思って、これでも気を遣ったんだが」

人を食った笑いを浮かべる男は、つい今しがたの青年のことなど、もう忘れたかのようだった。きっと、誰にでもこうなのだろうと思ったら悔しくなる。

「あんたって、最悪な男だな」

「極道だからな」

さらりと言う男に腹が立ったが、これ以上怒ったら自分の負けだ。仕方なく、話を逸らした。

「さっきの人、どっかで見たことがある気がする」

大きな目とぽってりした青年の唇を、よく知っている気がした。顔を見た瞬間に確かに知っていると思ったのに、どこで会ったのか思い出せない。

「昔、テレビに出てたからな」

鷲頭が種を明かした。青年はかつて売れっ子の子役だったのだという。名前を言われて隼人も思い出した。隼人が小学生の低学年の頃、テレビドラマでブレイクした有名子役だ。確か隼人と同じ年だった。いつの間にか見なくなったが、こんなところにいたとは。

「今、何やってんだろう」

「そりゃあ、俺の愛人だろ」

茶化した口調で言う男に怒るより、呆れてしまった。それから、一世を風靡《ふうび》した子役が今はヤクザの愛人でいることに、うっかり同情を覚えてしまう。

「ヤクザの愛人だって、そう悲観したもんでもないさ。昔稼いだ金は全部、親に吸い取られちまったみたいだが。それでも今はあの年でマンション と車持って、雇われだがバーの

店長やってる」

隼人の表情を読んだのか、鷲頭がそう言った。住まいも仕事も、彼が与えたものだ。代わりに鷲頭は、青年の店に集まる情報を仕入れたり、時には汚れ仕事に協力してもらうことがあるという。

極道が愛人を囲うのは道楽ではなく、それも仕事の一環なのだ。

「あんたが囲ってる愛人て、全部で何人いるんだ？」

「やっぱ妬いてるんじゃねえか」

「……」

黙ってバックミラー越しに睨むと、男は楽しそうに笑った。

「ちょっと前に一人別れたから……六人。いや、お前を入れて七人か。女が四人、男が三人だ。お前を入れてな」

「俺は入れなくていい。けど」

「けど？」

「……俺、あそこに住んでて大丈夫なわけ？　俺がいると、他の奴を連れて来れないだろ」

以前から何度か思っていたことだった。今のところ、鷲頭が他の愛人たちを連れて帰ることはなかったが、今後もないとは限らない。彼らがセックスをしているのと同じ屋根の下で眠るのはさすがに嫌な気分だ。だが鷲頭は、あいつらは連れ込まねえよ、と言った。

「俺が相手のところに行くことはあっても、向こうから来ることはない。そもそも、うちの住所も知らせてないしな」

「そうなのか？」

「大体は聞き分けのいい奴ばかりだが、中には面倒なこと言ったりやったりするのがいるんだよ。会いたい時は俺から会いに行く。都合を合わせるのは相手であって俺じゃない。そういう線引きをしておかないとな、グダグダになる」

隼人は頷いた。以前、隼人がヒモのような生活をしていた時も、修羅場《しゅらば》になりかけたことが何度かあった。他と手を切って自分一人だけにして欲しいとか、恋人同士で金のやり取りをしたくないというのが相手の言い分だった。どれも無理なので、その場で相手を切って捨てた。

鷲頭はビジネスとして愛人を囲っているのだから、どちらの立場が上かはっきりさせておく必要があるというのは納得できる。

隼人だってかつては同じことをしたくせに、鷲頭に対して苛立ちを覚えるのは、自分が切り捨てられるかもしれない立場だからか。

「自分の居住スペースに誰かがいるっていうのも、気詰まりだしな」

と、鷲頭が続けた。そういえば以前、皐月もそんなことを言っていた。鷲頭は今まで、誰とも一緒に暮らしたことはないと。

「じゃあ、俺は？」

四六時中一緒にいて、もう一か月以上になる。気詰まりではないのか。素朴に投げかけた疑問に、「お前？」と首を傾げた。たった今、存在に気づいたような顔だ。

「お前は……そうだな、犬みたいなもんだからな。人間と同じように気を遣う必要がないからだろ。それに犬と違って、やりたい時に突っ込める」

「あんた、本当に最低だな！」

露骨な言い方に思わず叫ぶ。だが、心の中ではそれほど怒ってはいなかった。やりたい時に突っ込めるなんて、酷い言い草だ。犬にたとえられるのも腹が立つ。

しかしそれでも、自分だけは鷲頭のテリトリーに入ることができるのだ。それにそもそも自分は、鷲頭の愛人ではないのだから。

では何者なのだ、という問いはまだ、隼人の中にはなかった。ただ愚《おろ》かしいほどの単純さで、あの部屋に入れるのは自分だけなのだ、と決めつけた。

その後はしばらく多忙な日々が続き、鷲頭が愛人たちのところへ行くこともなかった。

普段からの忙しさに加え、六和会の古参幹部、市東の容態がいよいよ危なくなり、六和会全体もどことなくせわしなくなってきたからだ。

鷲頭には常時、隼人以外にもガードが付くようになった。指示を出した木場は、念のためだと言う。

「どこも表立ってことは起こさないだろうが、下っ端が馬鹿やることもある。用心に越したことはないからな」

気を締めて行けよ、と注意された矢先、隼人たちは自宅のマンションに帰宅する際、思わぬ襲撃《しゅうげき》を受けた。といっても、鉄砲玉が来たわけではない。現れたのは鷲頭の愛人だった女だ。

深夜の遅い時間だった。出先から車で戻った隼人たちは、いつものように地下駐車場からマンションの敷地へ入った。

外から駐車場へ入るゲートはもちろん、駐車場からエレベーターホールへ入るにもカードキーか登録した生体認証が必要になる。中から開けてもらうか、カードを持つ住人以外、入れない仕組みになっていた。その他にも正面玄関にはコンシェルジュがいて、入ってくる人間をチェックしている。

その日は隼人の他に、駒ケ根がガードに付いていた。車を降りると鷲頭と三人で駐車場からエレベーターで最上階へ上がる。エレベーターのドアが開いた途端、入り口に立っていた駒ケ根の身体に緊張が走った。

「……何だ、てめえ」

これまで聞いたことのないような低い声で駒ケ根が唸り、その手がスーツの内ポケットに滑り込む。

エレベーターの前にいた若い女が、驚いて悲鳴を上げた。だがすぐにエレベーターの中にいる鷲頭に気づき、「鷲頭さん」と助けを求めるように叫ぶ。

知り合いですか、と手を懐に入れたまま尋ねる駒ケ根に、鷲頭は、

「ちょっと前に別れた女だ」

と答える。それでも駒ケ根は慎重だった。廊下に女以外、人の気配がないのを確かめて、ようやく体勢を解いた。隼人は教えられたマニュアル通り鷲頭の前にいて、いつでもドアを閉められるようにしていたものの、駒ケ根の持つ緊張感にただ呆然と立っているだけだった。

「何の用だ、エナ。どうやって入った」

いつもと変わらない声で、鷲頭が女に問う。名前と顔に隼人も覚えがあった。テレビや雑誌でよく見かける、依奈《えな》というモデル上がりの女優だった。隼人くらいの年代なら、名前か顔は必ず知っている、という知名度だ。

「正面からよ。一階の玄関に出入りする人が来るのを待って、一緒に入ったの。警備員みたいな人も、私が鷲頭さんの彼女だって言ったら、通してくれたわ」

黒くまっすぐに伸びたロングヘアがトレードマークの女優は、勝気そうな目で鷲頭を見返し、悪びれもなくそう言った。

駒ケ根が「はあ」、とあからさまなため息をつく。相手が顔の割れた女優だったから、コンシェルジュはすんなり通してしまったのだ。もちろん、規定違反だ。

「ここの場所、誰から聞いたの？　鷲頭さんの自宅は組の人間以外、知らないはずなんだけどな」

駒ケ根の問いに、依奈は少し口ごもりながら「組の人」と、答えた。

「最初、事務所に行ったの。でも取り次いでもらえなくて。そしたら裏から若い人が出てきて、特別に教えてやるって」

「代わりに、一発ヤらせろって？」

駒ケ根の言葉に、依奈の顔がさっと強張った。図星らしい。誰だ、と鷲頭が問う。

「知らない。下っ端っぽい男。背が低くて、茶髪の出っ歯の。すごく嫌だったけど、あたし、どうしても鷲頭さんに会いたくて……」

「茶髪の出っ歯っつーと、水谷だな。あいつも余計なことしてくれるね」

「駒ケ根。依奈んとこの社長に連絡を入れて、引き取ってもらえ」

依奈は大きな目に涙を溜めて切々と訴《うった》えかけたが、鷲頭は女を見ようともしなかった。

駒ケ根が「行こうか」と女の肩を抱き、引きずるようにして隼人たちの乗ってきたエレベーターへ向かう。

「ねえ、聞いて。愛してるの。もう我がまま言わないから」

ねえ、と粘り気を帯びた女の声に後ろ髪を引かれた。隼人が立ち止まって振り返ると、鷲頭がわずかに苛立った声で、

「行くぞ、隼人」

と促《うなが》した。

「あなた、鷲頭さんと一緒に住んでる人？」

不意に女の声音が変わった。かっと大きく目を見開いて、こちらを凝視している。

「鷲頭さん、若い男と同棲してるんでしょ。そいつがいるからあたしと別れたの？」

先ほどまでの媚《こび》を含んだものとは違う、虚《うつ》ろな声音だった。駒ケ根がエレベーターに乗せ、ドアを閉めるまでずっと、女は瞬《まばた》きもせずに隼人を凝視していた。

「怖ぇな……」

エレベーターのドアが閉まり、隼人は思わず呟いてしまう。

「Jホラーみたいだったぜ。大丈夫なのかよ」

冗談ではなく、背筋が冷たくなった。鳥肌の立った腕をさすると、鷲頭はふっと眉間の皺《しわ》を解いた。

「事務所の社長に注意する。あの女にも事務所にも、ずいぶんと手切れ金を積んだがな。贅沢三昧《ざんまい》の上にトラブルメーカーで、このところ仕事を干されてる。遊ぶ金がなくなってこっちに来たんだろう」

貪欲な女だ、と吐き捨てるように鷲頭は言った。隼人は先に立って部屋に入ると、いつものように部屋の中を確認した。木場に教えられたことだが、今日のあんなことがあった後では、自然と用心深くなる。エレベーターの前にいたのが依奈ではなく、どこかの鉄砲玉だったら、隼人は教えられた通り切り抜けられたかどうか、わからない。

そういう世界に入ってしまったんだと、今、ようやく実感が湧いた。

「風呂に入る」

鷲頭が言った。勝手に入ればいいじゃないか、と言いたいところだが、背中を流せという意味だ。ただ背中を流すだけでは済まないが。

依奈の出現で、鷲頭はこのところ溜まっていた疲労に加え、苛立ちも募《つの》ったようだった。声を荒げることはなく、むしろ低く静かに、表情が消えて行くのでわかる。

そういう時、隼人はストレスを吐き出すように無茶苦茶に抱かれるのだった。

風呂の用意をし、鷲頭の脱いだスーツをハンガーにかけてから、隼人も裸になる。当然のように男の身の回りの世話をする自分を、奇妙だと思うことはもう、最近はなくなっていた。

男の背中は、よくなめした革のように滑らかで傷一つない。

刺青《いれずみ》は彫《ほ》らないのかと以前聞いたら、「マゾっ気はねえんだよ」と言われた。関東の、特に近頃の極道は、あまり墨《スミ》を入れないのだと教えてくれたのは駒ケ根だ。

その広い背中を、ボディソープを泡立てた手のひらでゆっくりと撫で洗う。ふっと気を緩めたように、男のため息が聞こえた。

「さっきの女と、何で別れたんだ？」

怒られるかなと思ったが、相手はわずかにこちらを振り返っただけだった。

「他の奴らと切れろとか、金遣いが荒くなってきたのもあるが……一番の理由は薬やってるってことだ」

「え、そうなのか？」

鷲頭の答えには少なからず驚いた。確かに女の言動は怖かったが、薬をやっていたとは気づかなかった。鷲頭は、態度と匂いで何となくわかるのだと言った。

「何度かやめろって言ったが、あれはやめられてないな。どこで覚えたのか知らんが、旦那《だん》那《な》に内緒でシャブ食う女なんか、信用できねえだろう。薬中を身内に飼うってだけで、リスクがデカくなるしな」

「やっぱ、うちの組でも薬ってNGなのか」

シノギで薬を扱っているとは、今まで聞いたことがないし、その気配もしない。

「今んところ、別に稼ぎがあるから必要ない。あれは最終手段で、できるだけ扱いたくないな。綺麗ごとや建前じゃない。扱う奴の中に必ず、あれをつまむ人間が出てくるんだ。末期の中毒患者はもう、理屈なんか通用しねえぞ」

お前はやってないだろうな、と剣呑な声で男が言う。隼人は慌てて頷いた。

「昔、何度かやったけど。体質に合わなくてやめた」

繁華街にいて適当に遊んでいれば、ごく当たり前のように勧められる。その時は確かに心地よい酩酊《めいてい》が得られたが、事後にあまりにも具合が悪くなったので、やっていない。

泡のついた手のひらで鷲頭の背中を丹念に撫でた後、ボディソープを足して腕をマッサージするように洗った。男の肌に触れているうちに、下半身がうずうずしてくるのがわかる。極力、何も考えないようにしていたが、鷲頭は背中越しのわずかな気配も見逃さなかった。

「腕はもういい」

おもむろに隼人の手を取り、自然な動作で正面に引き寄せる。隼人の性器が反応しているのと同じように、男のそれもわずかに屹立していた。

両肩を握られ、下へと力がこめられる。抗《あらが》わず男の足の間に膝《ひざ》をつき、顔の前に出されたペニスを口に含んだ。

舌を絡めて半勃《だ》ちの雄を育てながら、空いている手でボディソープの隣に置かれたローションのボトルを取る。手に垂らしたそれを、自分の尻に塗り込めて窄まりをほぐした。

以前は男に抱かれることすら死ぬほど嫌だったのに、今は自分で準備をすることができるくらい、身体を躾けられてしまった。

自分はこのままどうなって行くのだろうと、ふと思う。急に怖くなった。

愛撫で陰茎を育て上げると、男は再び隼人を立たせる。後ろから抱き寄せられそうになるのを、身をよじって向かい合った。

「前からが、いい」

心細さを振り切るように素っ気なく言うと、男は少し目を瞠った。その目が優しげに眇《すが》められ、片足を持ち上げられる。自ら広げた秘孔に、熱した鋼《はがね》のような雄が押し入ってきた。不自然な体勢で犯され、軋《きし》む身体を、男の胸に預ける。相手の背に回した腕に力を込めた。

「隼人？」

……怖い。

隼人が今まで味わったことのない不安が止めどなく湧き上がってくる。怖くてたまらない。訝しげに見下ろす男に、無意識のようにただひたすら、キスをねだった。


夏の名残りの暑さがようやく終わり、朝晩の空気がひんやりと感じるようになってきた頃、六和会の老幹部、市東の訃報《ふほう》が入った。

六和会本部で行われる会葬の準備で八祥組も慌《あわ》ただしくなったが、そんな中、水谷たちは猪井組に戻された。水谷が鷲頭の愛人、依奈に手を出したことを理由に、他の二名ともども八祥組を放逐《ほうちく》されたのだ。依奈は元愛人だが、この際関係ない。鷲頭からすれば、厄介払いをするいい理由になった。

葬儀の折でことを荒立てたくないという理由で、水谷の処分は猪井組に一任したので、その後、水谷がどうなったのかわからない。

市東の葬儀は滞《とどこお》りなく終り、その後も半月ほどはしわ寄せで忙しかった。

そんな部下を労うためだろう。ある日、仕事を終えた鷲頭は珍しく、ガードに付いていた金城と隼人に、メシを食いに行くぞと誘った。

これまで鷲頭と食事をすることなど滅多になかった金城は、「ホントっすか」と車の助手席で目を輝かせた。

「ああ。肉でも寿司でも何でもいいぞ。お前らの好きなとこ、予約しとけ」

運転席にいた隼人と、金城とが同時に「肉」と答えるのを、鷲頭ははしゃぐ子供を見るように笑う。

三人で向かったのは、普段は仕事で使う高級焼肉店だ。だが車で店に向かいかけた途端、携帯の着信音が鳴って、電話に出た鷲頭がすっと顔を曇《くも》らせた。

「今夜？　えらく急だな……わかった」

言葉遣いから親しい相手だと知れたが、誰なのかはわからない。やがて電話を切った鷲頭は、

「急用が入った。やっぱりお前らだけで行ってくれ」

と言った。

「えー、そんなあ」

金城が素直に不満を口にする。鷲頭は「悪いな」と笑って、二人分にしては多すぎる金を金城に渡した。その金額に恐縮しつつも、金城は鷲頭と一緒に食事ができないことが残念でならないようだった。

「隼人、車は乗ってくぞ」

「あ、でも鷲頭さん一人じゃ……」

用心が悪い。だが鷲頭に「いいからメシ食って来い」とぞんざいに言われて、従うしかなかった。木場からは鷲頭を一人にするなと言われているが、どちらの命令が優先されるかと言えば当然、鷲頭だ。

黒塗りのベンツの運転席に鷲頭が乗り込み、どこかへ去って行った。

「残念だなあ。鷲頭さんとメシ食う機会なんて、滅多にないのに」

鷲頭を尊敬している金城は、焼肉店に入りながら残念そうに言った。

仕事中は、ボディガードが鷲頭と一緒に食事を摂《と》ることはまずない。鷲頭が家で食事を

することもほとんどなかったから、隼人ですら、こうしてテーブルを囲む機会は少なかった。

「……お前、大丈夫か」

席に着いて料理を頼み、二人だけで軽い乾杯をしてから、金城は不意にそんなことを尋ねてきた。

「何がです？」

よくわからずに聞き返すと、金城は言いにくそうに目を逸らす。

「いや、だってその……さっきの鷲頭さんの電話、たぶんオンナからだろ。そういうの、辛くないのかなって」

そういうことか、と隼人は苦笑した。掛かってきた電話が、愛人からの呼び出しかもしれないとは、隼人もうっすら考えていた。鷲頭が一人で出かけるのは珍しいが、恐らくそうなのだろう。何か事情があるのかもしれない。

だからといって別に、辛いことなど何もない。誰も彼もが隼人と鷲頭の関係を誤解している。隼人がここに来るに至った経緯を知っているはずなのに。

的外れな心配だと思った。わけもなく苛立ち、大丈夫ですよと突き放すような口調で言った。

「俺は、愛人とか惚れたとか、そういうんじゃないんで」

金城はやはり心配そうに隼人を見ていたが、「お前がそう言うなら」と引き下がった。それから今度はやけにはつらつとした調子になり、隼人にやたらと酒を勧める。

注文した肉を半分ほど平らげた頃、隼人が小用に立って戻って来ると、金城は自分の携帯を弄っていた。隼人に気づいて、慌てて電話を尻のポケットに突っ込む。

「何か、ありました？」

鷲頭を一人で行かせたことで問題が起ったのかと、一瞬ひやりとしたが、金城は違う違うと首を振った。けれども何故か、ソワソワしている。

「女っすか」

金城に女がいるとは聞いたことがなかったが、直感から言った。金城は厳つい顔に似合わぬ仕草でもじもじと身体を動かす。

「……うん、まあ。最近、付き合い始めたんだけどな」

「早く帰って来いって？」

「えっ、いや……うん。でももう、飯食ってるって言ってるし」

照れているのか困っているのか、顔を赤くして俯く強面の男を、何だか可愛いなあと思ってしまった。

「あんたさ、女より後輩取ってたら愛想つかされるぜ。俺と違ってモテないんだから」

「あぁ？　俺だってモテんだよ、それなりによぉ」

待たせとけばいいんだよ、などと嘯《うそぶ》く男は、隼人に気を遣わせまいとしているようだった。

「いいから、これ食ったらさっさと帰んなよ」

ニヤッと笑ってみせると、金城はほっとしたような、けれどもまだ照れた顔で、「んじゃあ、これ食ったら」と頷いた。

二人で残りの肉をガツガツと平らげ、ついでに女への土産《みやげ》の焼肉弁当も頼んで、店の前で別れた。まだ店に入ってから一時間も経っていない。食べ足りないし飲み足りなかったが、一人でどこかに行く気も起こらなくて、仕方なく、鷲頭のマンションに戻る。

マンションには誰もいなかった。今夜はもう、鷲頭は帰ってこないのかもしれない。

そう思うと何だか物悲しくなって、隼人は一人では決して入ることのなかった、鷲頭の寝室に入った。

このところは寝に帰るだけで、散らかる間もない部屋には、鷲頭のトワレの香りが微かに漂っている。吸い込まれるようにキングサイズのベッドに身を沈めながら、どうして自分はこんな気分になるのだろうと思った。

金城と別れた後、どこかで飲み直すこともできたのに、そんな気は起こらなかった。鷲頭に何か言われているわけでもない。なのに、ここに来てからもう、彼以外の身体に触れていない。

「おかしいだろ……」

義理立てなんかしたって、あいつは今も別の相手を抱いているかもしれないのに。いや、この部屋に誰も上げないだけ、まだましなのだろうか。

シーツに残った男の残り香を嗅ぎながら、身体の奥が熱くなるのを感じる。一人で慰めようとして、けれど疲れの方が勝ってしまった。

情動はすうっと遠のいて行き、代わりに包み込むような眠りが近づいてくる。気がつけばうとうとと、眠ってしまっていた。

どれくらい経ったのだろうか。

「……しろよ」

鷲頭の声が聞こえた気がして、隼人はふと目を覚ました。薄く開いた瞼《まぶた》の向こうにある部屋の窓からはまだ、光は見えない。ぼんやりした頭で、今が夜だということだけがわかった。

(……帰って来たのか？)

部屋の外で人の気配がした。ゴトン、とガラス瓶《びん》を倒すような大きな音がして、それからまたすぐに静かになる。

帰ってきて、一人で飲んでいるのだろうか。起こしてくれればいいのに、と嬉しいような気分になった時だった。

「……あ、あんっ」

鷲頭のものではない、淫靡《いんび》な嬌声が聞こえて、隼人ははっきりと覚醒した。

(何……)

ドア一枚隔てたリビングから、二つの気配がする。ハッハッ、と獣のような荒い息と、時折それに混じって甲高《かんだか》い、けれども確かに男性の喘ぎ声が聞こえてくる。

「や、やっ、譲介ぇ……」

甘く名前を呼ぶ声に、聞き覚えがあった。

(遊?)

そろりと身を起こしながら、そんなわけがないと否定する。この部屋に人を入れるのは面倒だと、鷲頭は言っていたのだ。彼は誰とも、遊とさえ一緒に暮らしたことはなかった。自分以外の人間が、ここで彼に抱かれるはずがないのに。

夢だと思いたくて、そっとドアの取っ手を回す。広く殺風景にさえ見えるリビングには、ワインのボトルが転がっていた。ローテーブルにはグラスが二つ置かれている。その向こう側、革張りのソファの上に、鷲頭と遊がいた。

遊は背中から抱えられるようにして、鷲頭の膝の上に座っている。シャツだけを羽織《はお》った遊の肌は、はっとするほど白かった。眩《まぶ》しいくらい美しい裸体に鷲頭の逞しい腕が絡まり、乱暴に揺さぶっている。

鷲頭の太い肉棒が、遊の尻に深々と埋め込まれているのが、隼人のいる場所からでもはっきりと見て取れた。

隼人の姿も彼らから見えているだろうに、二人はまるで隼人など存在しないかのように、平然と行為を続けている。だが、こちらに気づいていることは、彼らのセリフから明白だった。

「急に締めつけやがって。前の男に見られるのが、そんなに嬉しいか？」

遊の身体を乱暴に突き上げながら、荒い息の合間に鷲頭が言う。遊もまた、首を捻って男の顔を嬉しそうに見上げて言った。

「譲介こそ……急に大きっ……んぅっ、ねえ、もうイッていい？」

「ああ。ぶちまけろ」

「譲介、譲介ぇ……。前触って。胸もっ」

「注文が多いな」

呆れたような口調の中にも、どこか嬉しさを滲《にじ》ませて鷲頭が言う。遊の身体を一層激しく突き上げ、慎ましいペニスと熟れた乳首を弄った。遊も極まったように身を捻り、鷲頭の首の裏を抱いて口づける。

「ん、うぅーっ」

深いキスを交わしながら、遊はビクビクと身を震わせ、鷲頭の手の中に飛沫《ひまつ》を迸らせた。

鷲頭も低く呻き、ぎゅっと遊の身体を抱く。陰嚢が震え、遊の中で達したのがわかった。息をつき、見つめ合った後、再びどちらからともなく唇を重ね合う。

「ん、譲介ぇ。まだ固い……」

「お前だってどうせ、一回じゃ終わらねえだろうが」

二人が愛し合う様を、隼人は呆然と立ち竦んだまま見つめていた。酷い倦怠感《けんたい》が身体を覆っている。こんなに最低な気分は、今まで感じたことがなかった。

「何で、こんなとこで……」

心の中で呟いたことが、いつの間にか口を突いて出ていた。隼人の声を聞き、鷲頭がようやくこちらに目を向ける。その目は冷ややかだった。

「何って。お前が俺のベッドを占領してたからだろうが。今夜はもっと遅くなると思ってたんだがな。しょうがねえからここでやってたんだよ」

「ふふ。あれから隼人と一緒に暮らしてるってホントだったんだね。噂で聞いた時は冗談だと思ってたけど。譲介ってば、そんなに隼人のこと気に入ったの？　このぶっといチンポ、隼人にもあげてるんだよね」

男を尻に咥えたまま、楽しそうに笑う遊に嫉妬した。そう、これは嫉妬だ。信じられなかった。自分の心も、目の前の光景も。

遊の言葉に「まあな」と気のない返事をした鷲頭が、不意にこちらを見た。隼人は訴え

かけるようにその目を見つめる。だが、返ってきた言葉は残酷だった。

「おい、いつまで見てる。さっさと出てけ。それとも何だ、3Pでもやりたいのか？」

「えーっ、僕はやだよ」

そう言って、遊が男の腕の中で甘えるように身をくねらせた。

「知ってるでしょ、複数プレイって嫌いなの。今は譲介がいいの」

「ああ、ああ。わかったよ、女王様。仰せのままに」

甘える口調で言い、自分に縋りついてくる遊に、鷲頭は苦笑しながらも、可愛くて仕方がないといった表情を見せる。そんな男の顔を、隼人は初めて目にした。

「ねえ譲介。僕のこと好き？　愛してるって言って」

かつて隼人に抱かれた時と同じように、遊が鷲頭に言葉をねだる。だが鷲頭は、隼人よりもずっと真摯な声音を彼の耳元に囁いた。

「ああ……好きだよ。愛してる。お前だけだ。お前だけを愛してる」

「う、んっ。嬉しい、譲介ぇ」

向き合う形に体位を変え、遊は男の逞しい胸に甘えるように頬を擂《す》り寄せた。そんな遊を愛しげに抱き寄せ、再び律動を開始した鷲頭は、ふと思い出したように隼人を睨み上げる。

——さっさと行け。

疎《うと》ましげな視線に、ようやく身体が動いた。だが、頭はまともに働かない。そのまま眠ったせいで皺くちゃになったスーツのまま、フラフラとリビングを出て行く。

「遊……」

「ん、ああ……譲介」

その背中に二人の睦言が迫ってきて、隼人はもつれるようにしてマンションを出た。

苦しくて、息もできないほど苦しくて、気づけば夜の路上で涙を流していた。グチャグチャになった頭の中に、様々な顔と言葉が交差する。遊の嬌声、出て行けと言った鷲頭の冷ややかな声、大丈夫かと問う金城の気遣わしげな顔。

どうしてこんなに苦しいのか、ようやくわかった。

自分は、鷲頭をいつの間にか好きになっていた。力づくでねじ伏せ、犯して、それからその恐怖を優しさで溶かした男を。

恋心を自覚すると同時に、その愚かさを呪《のろ》った。どうして自分が特別だなどと思ったのだろう。馬鹿げている。鷲頭が本当に愛しているのは遊だけだ。

気まぐれにしか鷲頭に通ってもらえない愛人や、抱かれたくても抱いてもらえない皐月に、心のどこかで優越を感じていた。だが結局、自分も彼らと何ら変わらない立場だった。

特別であるはずがない。隼人は遊のように美しくはなく、木場のように強くもなく、秀《ひい》でた頭脳も場の機微を読む利発さも持ち合わせてはいなかった。つまらない男。

家族にも愛されなかったのに。こんな自分を、鷲頭が愛してくれるはずなどなかった。

寝皺のついたスーツのままマンションを出た隼人は、少し歩いたところで携帯も財布も持っていないことに気づいた。しかし、あの場に戻る気にはなれない。

金城の家が一番近かったが、女といるところを邪魔するのも気が引ける。駒ケ根の住所は知らない。仕方なく、少し肌寒く感じる夜の道をとぼとぼと三十分ほど歩き、木場のマンションへ向かった。

一階のエントランス前にあるインターホンを押す。寝ているかもしれないと思ったが、すぐに応答があった。

『隼人か？　何かあったのか』

インターホンに付いているカメラで、確認しているのだろう。こんな時間に現れた部下に、迷惑がるより先にそんな心配をするのが彼らしい。隼人はふっと笑った。

「何もないです。それより木場さん、今、彼女いる？」

『ああっ？　てめえ、酔ってるのか。それとも喧嘩売ってんのか』

乱暴に怒鳴《どな》られて、何故だかホッとした。

「一晩、泊めてもらいたいんだ。マンションに今、遊が来てるから」

それだけで、木場は何があったのか察したようだった。沈黙が落ちる。

『入って来い』

短い応《いら》えと共に、目の前でドアロックの外れる音がした。中に入ってエレベーターに乗り、木場の部屋の前に着く。部屋のインターホンを鳴らすより前に、ドアがかちゃりと開いて中から木場が顔を出した。

「こんな遅くにすみません。金城さんとこ、今、女がいるもんで」

向かい合うなり、隼人は頭を下げる。それを聞いた木場は、チッと嫌そうに舌打ちした。

「あいつ、いつの間に……。まあいい、とにかく入れ。言っておくが、うちは汚いぞ」

もう休んでいたのかもしれない。眼鏡を外し、スウェット姿というラフな格好だ。そうすると年よりも若く、寺の小坊主のように見えた。

そして申告通り、木場の部屋は汚かった。本当にここが彼の家かと、疑ったくらいだ。服は脱ぎっぱなし、物は出しっぱなしで、足の踏み場もない。クリーニングから返ってきたシャツは汚さないようにという配慮か、ダイニングテーブルの上に積まれていた。リビングのカーテンレールに何着ものスーツが掛けられている。

事務所の彼の机は綺麗だし、隼人が来る前は鷲頭の部屋を整えていたというのに、自分の部屋を掃除するのは苦手らしい。

「だから汚いって言っただろ」

リビングの入り口で呆然としていると、木場が嫌そうに言った。

「や、意外だっただけで」

「根がずぼらなんだよ。仕事だと思えばできるんだけどな」

いつもは精巧《せいこう》なアンドロイドみたいな木場が、バツが悪そうに言い訳するのがおかしい。笑っていると、笑うなと睨まれた。どこからか引っ張り出してきたスウェットとバスタオルをもらって、シャワーを借りる。

再び出てくると、木場がリビングで缶ビールを開けていた。二本持ち、片方を隼人に渡す。彼も酒を飲むのだなと、当たり前のことに感心してから、それが隼人のためだと気づく。

「高島さんとかち合ったのは初めてか。まあここずっと、あの人も店が忙しかったみたいだしな」

マンションを飛び出した経緯を話すと、木場は気まずそうにつるりとした頭を撫でてそう言った。

「間が悪かったが、よくあることだから」

「愛人は家に入れないのに、遊は入れるんですね」

僻《ひが》む口調になっていたのかもしれない。木場が困った顔をした。

「ああ……あの人はな」

「皐月ママが、高校時代からのツレで、鷲頭さんが惚れてた相手だって」

「そんな感じだったな」

「知ってるんですか、木場さん」

「俺は同じ高校の後輩だった」

それは初耳だった。鷲頭と遊もだが、木場の高校時代も想像がつかない。

「何だその顔は」

「いや、キャラの濃そうな高校だな、と」

言うと、木場は珍しく口を開けて笑う。

「俺は薄かったよ。いるのかいねえのか、わかんねえくらい。けどあの二人は確かに濃かったな。他に何人かとつるんでたけど、あの二人が一番目立った。境遇が似てたからか、単に波長があったのか、いつも一緒にいたよ」

鷲頭は暴力団幹部の息子であり、遊もまた、さる大物政治家の愛人の子供だった。

当時から、鷲頭が暴力団の身内だというのは何となく周囲に知れていて、遠巻きに見たり、教師の中にもあからさまに眉をひそめる者がいたという。だが鷲頭はいきがるわけでも、媚を売るでもなく、ただひたすらマイペースだった。

鷲頭の出自を知ってわざわざ喧嘩を売りにくる者も後を絶《た》たなかったが、気まぐれに躱していた。ただ、遊を巻き込もうとする者には容赦なくその拳を振るった。当時から喧嘩は強かったという。

自然と、鷲頭の周りには彼を慕《した》う者が集まった。木場もその一人だ。

中学でいじめを受けていた木場は、中学時代の同級生たちに私刑《リンチ》に遭っているところを、たまたま鷲頭に救われたのだった。

「かっこよかったぜ。今でも覚えてる。マジでヒーローに見えたな。まあ、当人にすれば気まぐれっていうか、単に通行の邪魔だったってだけなんだけどな」

木場はそれから、鷲頭の後を付いて回った。彼のようになりたくて、同じ空手の道場に通った。だが木場のような人間は他にもいて、気持ちはアイドルの追っかけだったという。

その鷲頭の隣にいつもいるのが、遊だった。

「友達っていうより、鷲頭さんの大事なお姫様って感じだった」

鷲頭には当然のことながら彼女がいて、しかも一人ではなかったが、鷲頭はその女たちよりも遊を優先した。冒《おか》してはならない神域《しんいき》のように大切にしていたという。遊もまた、今のように奔放《ほんぽう》ではなく、楚々《そそ》とした美少年で、それでいて鷲頭の執着を周囲に納得させるだけの色香を纏っていた。

二人の関係がどんなものだったのか、木場は詳しくは知らない。ただある出来事を境に、それは形を変えたようだった。

鷲頭の高校在学中、鷲頭の父である三井に絡む、六和会の跡目争いが起こった。それは表沙汰にはならない裏社会での静かな抗争だったが、鷲頭の周りに堅気らしからぬボディガードが付くなど、木場たちも何となくその匂いを感じ取っていた。

鷲頭の母親が亡くなったと聞いたのは、その直後だ。学校を長らく休んでいた鷲頭は、しばらくして、荒んだ顔をして姿を現した。

母子家庭だったとはいえ、その変貌《へんぼう》ぶりはすさまじく、日頃は後を追いかけ回していた木場ですら、近づけない雰囲気だった。

ただ遊だけが、寄り添うように彼の隣にいた。以前の鷲頭は遊を守るように傍《そば》にいたが、その時はまるで、鷲頭が遊に縋っているようだった。

高校生だった木場は、何が起こったのかわからないまま、二人が卒業するのを見送った。その後、木場は鷲頭を追いかけて同じ大学に進み、起業の際にも手伝わせてくれと頼み込んだ。鷲頭が六和会の盃を受ける時には、自分を舎弟にしてくれと何度も土下座して、根負けした鷲頭と八祥組を立ち上げた。

「六和会の盃を受ける直前に話してくれた。自分の母親は、六和会の抗争に巻き込まれて死んだんだと。高島さんへの恩義と、負い目のことも」

母親は酷い死に方だったという。母親を抗争で失った悲しみを、遊は慰めてくれたのだそうだ。

しかしその遊もまた、大学生の時に誘拐未遂事件に遭っている。犯人はやはり鷲頭の父親と敵対する組の構成員だ。幸い未遂に終わったが、鷲頭にとっては大切な存在が一度ならず二度までも、暴力団によって危険な目に遭わされたことになる。

「恩義と負い目と、惚れた弱みと。全部ひっくるめて、今でも鷲頭さんにとって、高島さんてのは特別な相手だ。どうして二人がくっつかなかったのかはわからないし、高島さんが何を考えてるのかもわからない。ただ、鷲頭さんは高島さん絡みの揉め事なら何を置いても駆けつけるし、自分の身体だって貸してやる。まあ、まだ惚れてんのかもしれねえな」

木場はぐびりとビールを飲んで、苦い顔をした。

「辛いなら、あの部屋を出るか？　もうそろそろ、鷲頭さんも文句を言わねえだろう」

気遣うような木場の言葉が、しかし隼人の胸を抉《えぐ》った。もう、隼人に飽き始めているということなのか。愛人たちを寄せ付けない自宅に隼人を置いたのは、ただの気まぐれだった。そこに特別な感情などあるはずがなく、興味を失えばもう、他の構成員たちと扱いは変わらない。

関係を切られてしまう愛人よりも、まだ救われているのだろうか。そんなことを考える自分に苦笑する。いつからこんなにも、鷲頭に惹《ひ》かれていたのだろう。

「ちょっと、考えさせて下さい。自分でもよくわからない。こんな妙な気になるの、初めてなんだ」

たった今、自分の気持ちに気づいたばかりだ。人を好きになるのも初めてで、どうすればいいのかわからなかった。

思い詰めた顔の隼人に、木場は驚きとも呆れともつかぬ顔で目を瞬く。

「お前にも今まで、惚れた女の一人や二人くらいいただろう。それとも男か？」

どちらもない、と首を横に振った。子供の頃はそれどころではなかったし、恋とか愛とかを考える前に性交の快楽と、こんなものかという失望だけを知ってしまった。

「初恋か」

参ったなあ、とまるで駒ケ根のような軽い口調で言い、木場は嘆息した。

「初めての相手が鷲頭さんなんてなあ。あの人は厄介だぞ」

「……そういうあんたは？」

鷲頭を、そういう意味で慕っているのではないのか。以前から疑っていたことを口にした途端、木場は「ああっ？」と目を剝いて凄んだ。

「てめえなあ。お前がホモだからって、誰も彼もホモにするんじゃねえぞ。俺は男同士ってのに偏見はねえよ。ないけどな、そっちのケもねえんだ」

今度言ったら殺すぞ、と半ば本気で言う木場がおかしくて、少し笑う。笑いながら、自分は木場にすら嫉妬していたのだと気づいた。

翌日、隼人は昼過ぎに鷲頭のマンションに戻った。今日は一日、鷲頭も隼人も休みで、帰れば恐らく鷲頭がいる。木場はゆっくりしていいと言ってくれたが、ゴミ溜めのような部屋で休む気になれず、木場が出かけた後に軽く掃除をして部屋を出た。

部屋に帰ると玄関先に遊の靴はなく、少しほっとする。寝室には、鷲頭が一人で眠っていた。うつぶせの姿勢で静かな寝息を立てていた男は、隼人の気配を感知し、すっと瞼を上げる。

「帰って来たのか」

その言葉にひやりと手足が冷たくなるのを感じる。もしかしたら、何か昨日の言い訳や、隼人を宥める言葉を掛けてくれるかもしれないと、この期《ご》に及んで期待していた。

だが男の口調からはこちらへの気遣いなど微塵《みじん》もなく、この場に隼人がいることすら意外なようだった。あのまま戻らなくても、彼は気に留めなかっただろう。

「帰ったら悪いかよ。人を追い出しておいて、よく寝てられるよな」

頭の奥がヒリヒリ痛む。恨めしい感情を鷲頭にぶつけた。男はうるさそうに顔をしかめる。

「疲れてるんだ。突っかかるな」

「遊とやり過ぎたからか」

自分でも、卑屈なことを言っていると思った。これではまるで、鷲頭に捨てられて縋っていた愛人と同じだ。鷲頭はしかし、隼人など相手にもしていなかった。怒るわけでもなく、むしろさっさと話を終わらせたいというように肩を竦める。

「ああ、一晩中ねだられたからな。お陰で寝不足だ」

「……っ」

唇を嚙みしめる隼人の前で、鷲頭が起き上り、ベッドから気だるそうに降りた。逞しい完璧な裸体が隼人の前に現れる。その腕に遊が、自分以外の男が抱かれたのだと思うと、じりじりと胸が焼けつくような焦りを感じた。

以前、若い青年の愛人に会った時にはそんな風に思わなかった。きっと、本当にはわかっていなかったのだ。鷲頭を……好きになった相手を、他の誰かと共有することがどんなに苦しいことか、理解していなかった。

「隼人」

こちらの存在など無視して、ボトムスだけを身に付けた鷲頭が、思い出したように名前を呼んだ。

「な、に？」

「昨日は遅くなると思って言わなかったが、これから、遊が来る時は帰って来るな」

咄嗟に言葉が出なかった。黙っていると、「わかったのか」と男がだるそうに畳み掛ける。

嫌だと言ったら鷲頭はどうするだろう。一瞬そんなことを考えたが、どうもならないとわかっていた。食い下がっても、疎まれて捨てられるだけだ。出て行けと言われて、もしかしたらもう、組にもいられなくなるかもしれない。

無理やり連れて来られたのに、滑稽だと思った。だが、せっかくできた自分の居場所を失うのが怖かった。

「……わかった」

隼人が頷くと、男は寝室を出て行こうとする。素っ気ない後姿に悲しくなって、思わず隼人はその背中を追いかけた。

「鷲頭さん」

男は黙ってこちらを振り返る。何か言わなくては、すぐに出て行ってしまいそうだった。

「鷲頭さん、俺。あんたが好きなんだ」

何かを考える間もなく、言葉がするりと出てきた。好きだ。生まれて初めて人を好きになった。後先を考えずに告白するなんて、ガキみたいだ。だが一度それを口にすると、気持ちが溢《あふ》れてきて止まらなかった。

「あんたのこと、いつの間にか好きになってた」

取り縋る隼人を、鷲頭はしかし、冷めた目で見下ろす。片眉を億劫そうに引き上げ、

「それで？」と言った。

「え？」

「お前が俺に惚れてるのはわかった。それで俺に、どうして欲しいんだ」

「どうって」

そんな風に聞き返されるとは思わなくて、隼人はウロウロと視線をさまよわせた。鷲頭は些かうんざりしたようにため息をつく。

「他の愛人と切れろって言いたいのか。それとも、遊を家に連れ込むなって？」

「そんなこと、言ってない」

「ああ。どっちも無理な相談だ」

冷たく言い放った。こちらを睥睨《へいげい》する男の視線に、手足から血の気が引いて行くのを感じる。鷲頭にとってこれは、迷惑な感情なのだ。

（そりゃ、そうだよな）

隼人を手元に置いたのは、愛人たちのような特別な感情を、鷲頭に抱いていなかったから。好きな時に抱けて、機嫌を取る必要もない。隼人の価値は、ただそれだけ。隼人が鷲頭に惚れれば、そのメリットは失われる。

「……何でもない」

「あ？」

「今の、嘘。何でもないから」

鷲頭は呆れた顔でこちらを見下ろす。冴え冴えとしたその目が怖かった。以前にこの部屋の前まで来た、依奈という女を思い出した。捨てられて放り出されたら、自分に行くところなんてない。きっともう、以前のように誰とでも寝る生活なんてできないだろう。だからといって、何をしたらいいのかもわからない。

「あんたのことなんか、好きじゃない。嘘なんだ。全部嘘だから」

今までに感じたことのない種類の不安を感じて、隼人は言い募った。鷲頭はわずかに目を見開き、やがて嘆息する。一度は寝室を出て行こうとしていたのを、踵を返してこちらに戻ってきた。

「ちょっと落ち着け」

ピタピタと軽く頬を叩かれた。

「惚れてるって言ったり嘘だって言ったり。お前は一体、どうしたいんだ」

怒っている口調ではない、困惑したような声に、ふっと力が抜ける。

「わかんねえ」

泣き事が口を突いて出た。

「俺、こんなんなったの初めてなんだ。自分の気持ちに気づいたのだってつい昨日だし。どうしたいかなんて、わかんねえよ」

「逆ギレすんな、馬鹿」

大きな手が伸びてきて、殴られるのかと身を竦めたら、頭をくしゃくしゃと撫でられた。たまらなくなって、大きな胸に抱きつく。トワレの混じった男の肌の匂いに、涙が零れた。

鷲頭は黙って隼人がしがみ付くままにさせていたが、泣いているのに気づき、「情けねえなあ」と笑う。

「でかい図体して、ベソベソ泣きやがって」

「……俺、どうしたらいい？」

一度自覚してしまうと、鷲頭への恋情が止めどなく溢れてくる。だがそれは胸の沸《わ》き立つような楽しい気持ちではなかった。

「お前はどうしたい？　俺が、お前の気持ちに応《こた》えられないことはわかってるだろう」

隼人の背中を宥めるように撫でながら、鷲頭が言う。酷い男だと思った。応えられないというくせに、振ったそばからこんな風に優しくするのだ。

それでも、束の間の温《ぬく》もりを離す気にはなれなかった。

「遊がいるから？」

「あいつは関係ない」

「でも、好きなんだろ」

「昔な。今はただの友人だ。あいつがいてもいなくても同じことだ。俺がお前の気持ちに応えることはない。お前だけでなく、誰に対してもだ。惚れただの愛してるだのいう感情は、もう俺の中にはないんだよ」

そんなことがあるのだろうか。本当だとすれば、ずいぶんと悲しい気がした。

「どうしても割り切れないっていうなら、組を出てもいい。住む場所と仕事と、当分は困らないだけの金は用意してやる。お前を無理やりここに連れてきたのは俺だからな。最初の落とし前ならもう、十分つけただろう。俺がお前の身体を好き勝手した代金も、ちゃんと上乗せしてやるよ」

男の言葉に、隼人は青ざめた。

「や、やだ」

顔を上げ、慌ててかぶりをふる。

「追い出さないでくれよ。やっと自分がいられる場所を見つけたんだ。俺、組にいたい」

辛くても、離れたくない。仲間や、何より鷲頭の傍にいたい。

「俺が、お前を抱かなくてもか？」

「……抱いてくれないの？」

呆然として、男を見上げた。鷲頭は困ったように笑う。

「そんな捨てられた犬みたいな顔すんな。お前が俺に惚れて、それでも組にいたいって言うなら、もう抱けない。自分の女を子分にはできねえだろう。お前の身体には正直、未練があるけどな」

「ひでえよ。そんなこと言うなら、抱いてくれよ」

無理だ、とそこだけは厳しい顔になって、男は言った。

「俺が気持ちに応えないって言って、いくらお前が了承しても、身体を繋げてればそのうちひずみが出てくる。本当は、お前を組に置いておくのだって了承し難いんだ。だが、お前を連れてきたのは俺だから仕方がない。組の事務所近くに部屋を用意してやるから、そこで一人で暮らせ。組の他の奴らと同じようにな。それが最大限の譲歩だ」

「一人で……」

「うちが持ってる不動産だ。ここよりは狭いが、綺麗で新しいところを用意してやるよ」

鷲頭の低く穏やかな声を聞きながら、足元が崩れていくような感覚を覚えた。もう二度と抱いてくれない。一緒に暮らすこともできない。

どうして自分は、鷲頭に気持ちを打ち明けてしまったのだろう。黙っていれば今のままでいられたのに。隼人は浅はかな己の言動を呪ったが、しかし遅かれ早かれ、黙っていても鷲頭には知られてしまう気がした。

「無理なら組も抜けろ。さっき言ったように、その時はちゃんと、手切れ金と住む場所、一切合財《いっさいがっさい》は付けてやる」

どっちがいい、と判断を隼人に尋ねてくる。やっぱり残酷な男だ。選ばせてやると言いながら、究極の二択しかない。鷲頭への気持ちを金で清算するか、その気持ちすらなかったことにして傍にいるか。

この先、彼の近くにいても望みなどない。苦しいだけだとわかっているのに、それでも今の隼人に、鷲頭の傍から離れるという選択肢はなかった。

「一人で暮らす。ちゃんと組の人間として働く」

「わかった」

「最後に、一度だけ……だ、抱いてくれないか」

おずおずと頼んだが、だめだ、とにべもない言葉が返って来た。

「キスも?」

「だめだ」

「じゃ、じゃあ。ちょっとだけ、こうしててくれよ」

鷲頭の胸にしがみついていた腕に、ぎゅっと力を込める。今度はだめだと言われても離す気はなかった。男の嘆息が聞こえて、隼人の背中に腕が回される。優しい抱擁にほっとして嗚咽《おえつ》が漏れるのを、隼人は必死で噛み殺した。

「まったく。お前がこんなにハマッちまうなんてなあ」

他人事のように、呑気《のんき》な声で鷲頭が言った。

「さんざん酷い目に遭わされたのに。何だって俺なんかに惚れたんだ？」

「……そんなの、俺にもわからねえよ」

できれば、この気持ちがなかった頃に戻りたいと思ったが、それがいつなのかわからなかった。もしかしたら、遊のマンションで彼と出会い、その存在感に圧倒された時から、心のどこかで惹かれていたのかもしれない。

トワレの混じった男の体臭を切なく感じながら、隼人は自分が、以前にいた場所とはずいぶんと離れた、遠いところまで来てしまったように思えた。

リビングの窓に視線を向けると、日の落ちた闇《やみ》の中に雨が降っているのがうっすらと見える。

分厚い防弾ガラスに仕切られた室内には、微かな雨音など届いて来ない。

リビングのソファにぼんやりと寝転がって、テレビを見るともなしに眺めていた隼人は、番組が夜のニュースに切り替わったのを見てため息をついた。

動かなくてはと思うのに、億劫で起き上がる気になれない。鷲頭は愛人のところへ行ってしまった。

予定にはない行動で、今夜は帰らないと言う。自分のことが好きだと言う隼人といるのは気詰まりなのだろうし、隼人を追い出さずに自分が出て行ったのは、おそらく彼なりの気遣いだ。

『明日は金城に迎えに来てもらう。お前は休んでろ』

出かける際、鷲頭にそう言われて身が竦んだ。

『今のまま仕事で俺と顔を合わせても、すぐに頭の切り替えはできないだろう。このところお前も働きずくめだったから、組の連中には休暇だと言っておく』

青ざめる隼人を安心させるように言い足したが、続けて荷物をまとめておけと言われて暗い気分になった。

隼人の荷物なんてたかが知れている。木場から支給されたスーツと、金城からもらった数少ない私服だけだ。

「腹減ったな」

不意に空腹を感じ、隼人は自嘲《じちょう》した。失恋のショックに胸がいっぱいで、食欲など出ないと思ったのに、時間になればちゃんと腹は減るのだ。

「どっか出るか」

キッチンにある馬鹿でかい冷蔵庫には、水とアルコールしか入っていない。この広いリビングで一人、ケータリングの食事を食べる気にもなれなくて、仕方なく外に出ることにした。

住宅地にいくつもの学校と寺院が点在するこの辺りには、あまり飲食店がない。尻のポケットに財布と携帯電話を突っ込むと、ビニール傘を差して駅の方向へ歩き出す。

それからすぐのことだった。マンションから百メートルほど離れたところだろうか。不意に背後から、女の呼ぶ声がした。

「ハヤト」

はっとして振り返ると、数歩後ろの駐車場に長い黒髪の女がぽつんと立っている。しとしとと秋雨の降る中、傘も差していない。

「あたしのこと、覚えてない？」

最初は誰だかわからず、訝しげに見下ろす隼人に、女は言った。それを聞いてようやく思い出す。

「あんた……依奈か」

鷲頭に捨てられたかつての愛人。

すぐにわからなかったのは、依奈がしばらく見ぬ間にずいぶんと痩せていたからだ。以前もモデルというだけあってかなりの細身だったが、今は異常なほど痩せている。頬がこけ、ぱっちりとしていた目がやけに大きくギラついて見えた。

いつからそこにいたのか、長い黒髪は雨に濡れて顔や首筋にべったりと張り付いていた。

「何の用だよ」

「冷たいのね。同じ鷲頭さんの愛人なのに」

「お前は『元』愛人だろ」

本当は自分だって振られたばかりだが、それを言うのは癪《しゃく》だった。素っ気なく返すと、女はアハハ、と乾いた笑い声を立てる。暗い目とはしゃいだ様子がそぐわず、隼人は何故か、腕に鳥肌が立つのを感じた。

「そうよね。でも、自分が愛人ってところは否定しないんだ？」

「……用がないなら、もう行くぞ」

「待って。ねえ、話がしたくて待ってたの。お願い、相談に乗って。鷲頭さんとよりを戻したいの」

「はあ？」

思わず声を上げてしまった。あれだけ疎まれて、それでもまだ関係を戻せると思っているのか。

「お門違いだ。じゃあな」

関わり合わない方がいい。女はどう見てもおかしい。咄嗟に判断し、身を翻《ひるがえ》した。女が慌てたように取り縋ってくる。

「ま、待って！」

「離せよ」

「じゃ、じゃあ、話はいいから。お願い、ご飯……食べさせて」

酷く思い詰めたように言う。隼人の上着の裾《すそ》を摑む腕は細く、骨が浮き出ていた。その手首に薄く切り刻んだような跡を見つけて、はっとする。

「昨日から何も食べてないの。お金がなくて……」

よく見れば、着ている薄物のコートもずいぶんと汚れていた。こんななりでモデルの仕事などあるはずがない。震える女の、骨と皮だけの手を見て困惑する。

「お前、事務所は」

その問いに、女はぎこちない笑みを浮かべた。

「クビになったの。仕事もなくて、借金ばっかでさ」

そう言う唇は雨で冷え切っているのか、青く血の気を失っている。正直、関わりたくはなかったが、食べる物にも事欠くという女を放っておけなかった。

「……メシ食うだけだぞ」

仕方なく、隼人は言う。女の顔がぱっと明るくなり、媚びるように隼人の腕を搦め捕った。

「嬉しい。ありがとう」

「え、おい」

その腕の力が不意に、女の物とは思えないほど強くなった。体勢を崩して前にのめりそうになる。

「こっち。いいお店知ってるの」

「店って」

駅とは反対方面だった。その先は大学の敷地があって、店など存在しない。困惑していると、隼人を引きずるようにして歩き出す。そのまま、女はついと道を逸れて細い路地裏に入って行った。

「ちょっと、離せって」

路地を塞ぐようにして、黒いバンが停まっていた。おかしいと思うより早く、バンのドアが開く。二、三人の男が出てくるのにやばいと思ったが、女に腕を取られて咄嗟に逃げられなかった。

「ごめんね」

声と共に、腕に絡んでいた彼女の手が離れる。後頭部に衝撃を感じたのは、ほぼ同時だった。

「な……」

振り返ると、気弱そうなニキビ面の若い男が警棒を持って震えていた。めまいを感じながらも男から逃げようとする隼人の前に、バンから降りてきた男たちが立ちはだかる。

「おい、まだ意識があるぞ。バットにするか」

「……しぶといな」

再び、頭部に衝撃が走った。目の前が白くなる。額から生暖かい雫《しずく》が落ちてきて、それを錆《さ》び臭いと思うと同時に、隼人は意識を失っていた。


どこかで悲鳴が上がった。身じろぎした瞬間、頭に激痛が走る。寒い。

「……よ。ねえ、ちゃんと言う通りにしたじゃない」

何かを掻《か》き口説《くど》く女の声がする。煙草と、埃《ほこり》っぽくすえた臭いが鼻孔を突いた。体を動かした時にぎしりとスプリングの軋む音がして、自分がベッドに寝かされていることを知る。

仰向けに横たえられたまま、両腕は頭の上で何かに拘束されているようだった。痺れているのか手の感覚はなく、意識を取り戻した途端、ズキズキと頭が痛み始める。

気を失う直前、バンから出てきた男たちに後頭部を殴られたことを思い出した。

(依奈に、騙されたのか)

あのままどこかに連れて来られたらしい。うっすらと瞼を開くと、蛍光灯の白い光に一瞬、目がくらんだ。

さほど広くはない、どこかの一室だった。窓はあるのかないのか、隼人の位置からは部屋のドアしか見えない。隼人が寝かされているベッドの他は、家具らしい家具はなく、フローリングの床にパンの袋やペットボトルが転がっていた。

部屋の入口に、依奈とバンから降りてきた男が立っている。その手前に、二人の男が煙草をふかしながら、依奈と戸口の男のやり取りを見るともなしに見ていた。

「ねえ、ちょうだいよぉ」

「うるせえ女だなあ……あれ、目ぇ覚めたみたいっすよ」

煙草を吸っていた男の一人がこちらに気づいて言った。全員の視線が集まる。隼人は掠《かす》れた声を振り絞《しぼ》った。

「……誰だお前ら。猪井組の連中か」

どれも見たことのない顔だ。年は隼人と同じか、少し上くらいだろう。黒っぽいストリート系の服を着た、街によくいるチンピラといった風体だ。

「俺らは別に、何組とかじゃねえよ。友達に金もらって、ちょっと頼まれただけ。あんた、水谷って知ってるか?」

「名前出したらヤバくないっすか」

煙草を吸っていたもう一人が言う。

「別にいいだろ。口止めされてないし」

と答えた最初の男が、どうやらリーダー格らしい。痩せぎすの短身に、似合わぬ顎ヒゲをたくわえた男は、吸いさしの煙草を無造作にフローリングの床に落とすと、こちらに近づいてきた。隼人は拘束された腕を動かそうとしたが、ガチャガチャと耳障《ざわ》りな金属音がするだけだった。

「水谷って。あの出っ歯か」

相手を睨みつけながら隼人が言うと、ヒゲはわざとらしく笑った。

「そう、その出っ歯。あんたと鷲頭さん。すげー恨まれてるぜ」

「知るかよ。猪井組に戻ったんじゃねえのか」

たった今名前が出るまで、その存在すら忘れていた。嫌われていたのはわかっているが、拉致されるほど恨まれる覚えはない。それとも、出会った日に鼻を折ったことをまだしつこく根に持っているのか。

「それがさあ」

ヒゲは世間話でもするように、馴れ馴れしく切り出す。

「組から追い出されたんだよ。猪井組の誰かがノリで入れたのはいいけど、さっぱり使えねえし、お宅の組に行ったら行ったで、不祥事《ふしょうじ》起こして返されるしさ。けどあいつ、それもこれも全部、あんたと鷲頭のせいだって思ってるぜ」

「ふざけんな。あいつが勝手に鷲頭さんの女、そこの依奈に手を出したんだぞ」

隼人は思わず言った。

「だよなあ。俺も色々聞かされたけど。あいつ、猪井組の盃受けるのやめて、鷲頭んとこの盃受けたかったんだとさ。お宅んとこの方が居心地がいいみたいで。それを邪魔したのがあんたらしいぜ」

「してねえよ」

逆恨み以外の何物でもない。そんなことで拉致されたのかと思うと、腹が立った。

「ま、とばっちりで申し訳ないけど。あんたと鷲頭に思い知らせてやってくれって言われて、もう金ももらってるんだわ。あいつホントにビビリでな。自分ではやる勇気がないもんだから、ダチの俺らに頼んできたわけ。こっちも一応、そういうの仕事にしてるもんで、悪いんだけど」

ニヤニヤと笑うヒゲは、言葉とは裏腹に楽しげだった。何をする気だ、と隼人が身構えた時、入り口にいた依奈がまた、焦れたように声を上げた。

「ねえ、それより早くちょうだいよお」

「うるせえっ！」

瞬間、ヒゲは形相《ぎょうそう》を豹変《ひょうへん》させて怒鳴った。怒声《どせい》に呼応するように、別の男が依奈の顔面を殴る。「ぎゃっ」と悲鳴を上げてうずくまるのを、男はなおも殴りつけた。

「おい、よせ！」

思わず声を上げていた。依奈に騙されたのは腹立たしいが、だからといって女が殴られるのを見たいわけではない。

「ハヤトだっけ？　自分を騙した女に、やっさしいなあ」

ヒゲはまたころりと表情を変えて、こちらを振り返った。

「同情することなんかないぜ。こいつ、鷲頭と別れてからも水谷とよろしくやってたんだから。正しくは、あいつの持ってる薬目当てだけどな。そのくせ今回の話にもホイホイ乗ってきて、お前のケツの穴ズタズタにしてくれってさ」

「い、言ってないよ」

依奈が慌てたが、そんなことより男の言葉の方が気にかかった。ヒゲは隼人の反応に気づき、ニタ、と笑う。

「あの鷲頭が大事にしてる恋人ってのがどんなのか、興味あるんだよな。まあ、こんな細マッチョだとは思わなかったけど。鍛えてんの？　鷲頭ってこういうのが好みなんだ」

「……てめえ、こんなことしてタダで済むと思うなよ」

馬鹿にしたような男の口調に、激しい怒りが湧いた。自由な両足を振り上げて暴れたが、ヒゲはひょいと身を避け、スプリングが軋んだだけだった。みっともなくジタバタする隼人に、男たちが笑った。

場が和んだと思ったのか、依奈が「ねえ」とまた、性懲りもなく薬をねだっている。ヒゲがチッと舌打ちした。

「これだからジャンキーはよお。しょうがねえな。おい、カズ！」

声を上げて呼ぶと、部屋のドアが開き、おずおずとニキビ面の若い男が現れた。少年といった年恰好の彼は、先ほど隼人を警棒で殴った奴だ。ヒゲは依奈を顎で指し示した。

「この女、向こうに連れてけ。んで、お前の持ってるシャブ玉食わせてやれ」

少年は、ヒゲの言葉に「はい」と俯きながら頷いていたが、シャブ玉と言われた時だけ、慌てたように顔を上げた。

「あ、でも俺、もう残りが少なくて……」

「後でまたやるよ。いいから行け」

うざったそうにヒゲが言う。少年は頷き、依奈を伴《ともな》って部屋を出るが、オドオドとした態度の中にも未練がましくヒゲを気にしていて、その挙動に異常なものを感じる。依奈もこの少年も、かなり薬物依存が進んでいるようだ。

「おいカズ。女の携帯を置いてけ」

「え？」

「さっさとしろよ。鷲頭の番号が入ってんだろ。この兄ちゃんの携帯がどこにも見当たらねえんだよ」

　ヒゲが苛々と言い、少年は慌てて依奈からショルダーバックを奪い、中を探った。隼人の携帯電話は出かける時、ズボンの尻ポケットに入れたはずだ。どこかに落としてきたのかもしれない。

　少年と依奈が部屋を出て行き、依奈の携帯を手にしたヒゲは、再び余裕を取り戻してこちらを振り返った。

「じゃあ、さっさと犯《や》るか」

　それが合図だった。男二人がこちらに近づいてくる。

「触るなっ」

　足を蹴り出してもがいたが、男たちはナイフを突きつけ、隼人の衣服を乱暴に切り裂き、剝《は》いでいった。

　全裸にされた後、足を持ち上げられ、身体を二つに折るようにして押さえ込まれる。上を向いた双丘を、誰かの手が割り開いた。秘孔が露わになり、吹きかけられた男の息にゾッとした。

「やめろ！」

　暴れた拍子にナイフが首筋に当たり、とろりと温かな感触が首筋を伝った。

「アブねえなあ。静かにしてろよ。俺らもさすがに、屍姦《しかん》の趣味はねえからよ」

「へえ、立派なモン持ってんじゃねえか。ケツ穴も綺麗なもんだな」

ここ数日は忙しさもあり、鷲頭に抱かれていなかった。そのせいか、襞は熟れることもなく、肌色のままなのだろう。かさついた指で窄まりを撫でられ、ビクッと体が震えた。そんな隼人の反応を面白がるように、指がずぶりと遠慮なく押し入ってくる。

「く……っ」

「うはっ、すげえきつい。このまま挿《い》れたら、チンポちぎれそう」

下卑《げび》た物言いに、ゲラゲラと男たちが笑う。見下して馬鹿にする男たちの態度が腹立たしかった。だが、どうすることもできない。

「おい、これ使えよ」

ヒゲの男が、床にあった紙袋から不透明なプラスチックのボトルを取り出し、隼人の尻をまさぐる小太りの男へ放った。男は受け取ったボトルのキャップを外し、中身を手に垂らす。粘度のある透明の液体にローションだとわかったが、容器は既成の物ではないようだった。

濡れた男の指がもう一度、ぐちゅりと隼人の尻に埋め込まれる。ローションの冷たさにひやりとした後、何故か粘膜がぽっと温かくなる気がした。

「やめ……」

肉襞を指でほじられながら、不快感とは別の何かを感じて、隼人は身じろぎした。ヒゲの男が目ざとく気づき、にやりと笑う。

「お前も楽しめた方がいいだろ？　特製のローションだ。これでハメたらメチャクチャ気持ちよくなるぜ」

ローションにドラッグが混ぜられているのだ。たとえ少量でも、粘膜から吸収されれば効くのも早い。

もしもセックスの際に黙って使用されれば、本人がそうと気づかないうちに薬物中毒になってしまうこともあるだろう。わかった時にはもう、後戻りできない状況になっているはずだ。もしかしたら依奈や、先ほどのカズとかいう少年も、こうやってドラッグの世界に引き込まれたのかもしれない。

「水谷が混ぜたんだ。あいつ、こんなん好きだよな。おかしな野心持たずに、猪井組からのブツ捌《さば》くだけにしとけばよかったのによ」

「あっ」

ぐりっと太い指を回されて、襞がジンと熱を持ち始める。指を入れている男も興奮してきたのか、次第に息が荒くなってきていた。

「ケツ穴がヒクヒク動いてるぜ。誘ってんのか？」

言いながら、小太りの男はぺろりと口の周りを舐め、自分のスウェットを引き下ろした。勢いよく跳ね上がったグロテスクな一物にローションをまぶす。

両脇から、男たちが隼人の足をM字に広げて秘孔を晒した。男が覆いかぶさってくる。

「やめろっ」

渾身《こんしん》の力でもがいたが、両手を拘束されている上に三人がかりでは、ろくに抵抗などできない。

ぬめった先端が肉を割り、ずぶずぶと根元まで押し込められた。

「……ぐっ」

乱暴な挿入に身体が引きつる。歯を食いしばって呻きを飲み込んだ。

「あーっ。何だこれ、やべえよ。すっげえイイ」

一方で男は、恍惚《こうこつ》とした様子で容赦なく腰を振り始める。男の性器は身体に合わせたように太く、自分本位な動きに身体が痛んだ。痛みと嫌悪に灯《とも》りかけていた情動が吹き消され、密かに安堵《あんど》する。

「やべ、イクッ」

数分も経たないうちに男は低く呻き、ひときわ強く突き上げると、隼人の身体の中に呆気なく射精した。

「お前、早過ぎだろ」

「だってよぉ。マジでこのケツ、やべえんだって」

「ちょっとどけよ」

我慢できなくなったのだろう。ヒゲの男は次に入れようとしていた男を押し退《の》けると、自らのペニスを取り出して扱きながら、隼人に覆いかぶさってきた。最初の男よりも小ぶりだが、奇妙なほどエラの張ったカリ首がずるりと埋め込まれる。入れる前に、ローションを自分の竿にまぶすのも忘れなかった。

「あんた、顔も身体も俺の好みなんだよな。すぐに気持ちよくしてやるぜ」

最初の男とは違い、ヒゲの男は柔らかく腰をグラインドする。熟れた内壁を擦《こす》り上げると同時に、コリコリとした一点を押し上げた。

「あ……っ」

甘い声が、隼人の口から漏れる。咄嗟に歯を噛みしめたが、息が震えるのを我慢できなかった。ドラッグの効果だけではない。ツボを心得た動きが、男を覚えた身体に情動を呼び起こさせる。

(くそっ……)

こんなのは嫌だった。鷲頭以外の男に犯されて、感じたくなんてない。自分が抱かれることを受け入れたのは、相手が鷲頭だからだ。それを今、改めて思い知らされた。

「感じてんのか？　中が動いてる。ああ……確かにすげえな。口でしゃぶられてるみたいに吸いついてくるぜ。このケツで、あの鷲頭を落としたのか。ん？」

「ふざけ……なっ、あ、あっ」

ひときわ激しく突き上げられ、隼人のペニスからピュッピュッと勢いよく先走りが飛んだ。突かれる毎《ごと》に、白濁の混じった粘液が割れ目から大量に零れ落ちる。

「おまけに感度もいいし。突く度に中が良くなってくるなあ。弄ってねえのに我慢汁飛ばしやがって。ああっ？　そんなに俺のチンポが美味いか、この淫乱が」

蔑むような声と共に、ローションを零した男の手が伸びてくる。ドラッグ入りの粘液を尿道にぐりぐりと押し込まれた。

「ああっ、あーっ……」

尻を犯されながら前を擦り上げられ、ダラダラと続く射精感に頭がどうにかなりそうだった。

「もう、たまんねえよ」

順番待ちの男が我慢できなくなったようにズボンのファスナーを下ろす。ペニスを隼人の口に捩じ込んだ。

「歯あ立てたら、その場でお前のチンポ切り取ってやるからな」

「ん、ご……っ」

喉の奥まで突き立てられ、息をするのもやっとだった。えづいて涙をぼろぼろと零す隼人に興《きょう》が乗って来たのか、口腔《こうこう》を犯す男は夢中で腰を振る。

堕ちたくない。指一本も自由にならない身体で、今にも崩れ落ちそうになる理性を必死でかき集める。だがドラッグのもたらす快楽に、隼人の神経は今にも焼き切れそうだった。

「う……出すぞ。オラ、お前もイケよっ」

尻を犯していた男が隼人のペニスを扱き立てる。前立腺を突かれ、口腔を犯されて声を上げることもできず、隼人はくぐもった呻きを漏らしながら、ビクビクと身体を震わせて射精した。何度も勢いよく吐き出し、その度に尻がきゅんきゅんと収縮して、後ろに納まった肉棒を強く食い締めるのが自分でもわかる。

口を犯していた男がペニスを引き出し、熱く青臭い汚液を顔に振りかけた。

「くぅっ……すげ……マジ、すげっ」

後ろを犯していた男も極まったのか、隼人の身体を強く抱きしめて体内に射精しながら、のけぞる首筋に唇を押し付けてむしゃぶりついた。

やがてずるりと性器が抜かれ、赤く腫《は》れた尻の窄まりから精液が溢れ出るのを、男たちはまたゲラゲラと笑って揶揄したが、もう怒る気力もなかった。

射精したはずなのに、まだ後ろがジンジンと疼いている。もう嫌だ、帰りたいと頭の中で呟いた。

鷲頭のところに帰りたい。いつの間にか、鷲頭の部屋が隼人の帰る場所になっていた。

だが、帰れるのだろうか。女に騙されて無様《ぶざま》に拉致され、汚された自分を、彼は探しに来てくれるのか。

「大人しくなったな。そろそろいいか」

まだ固いままのペニスを晒したまま、ヒゲが依奈から奪った携帯電話を取った。

「ヤリながらでいいっすよね。俺まだ、ケツに入れてねえし。ヤッてる声、聞かせてやりましょうよ」

今しがた隼人に顔射した男が、萎えきらない自分のペニスを扱きながら、隼人の足の間に入ってくる。嫌だと暴れたかったが、力が入らなかった。

「……もしもし、鷲頭さん？　アタシ、アタシ。依奈でーす」

ヒゲの男が、携帯に向かってふざけた女声を上げた。そこから微かに、鷲頭の低い声が漏れてくる。何をしゃべっているのかまでは判別できないが、鷲頭の声だとわかった。

（鷲頭さん……）

ホッとすると同時に、怖くなった。また別の男が身体の中に入っている。揺さぶられて込み上げる喘ぎを必死で押し殺した。

ドラッグのせいか、思考が段々とまとまらなくなっている。それでも鷲頭に醜態《しゅうたい》を知られたくない、という思いだけは強く残っていた。

「アラヤダ、こっわーい。今？　あんたが大事に大事にしてる恋人、拉致って輪姦《まわ》してるとこ。……あんたの女、いいケツしてるよな」

男が言葉を切って携帯をこちらに向けると、隼人を犯している男が強く腰を打ち付ける。

「んっ、ひぃっ」

パン、パンと皮膚を打つ音が上がり、こらえきれない悲鳴が小さく漏れた。

「聞こえたか？　まだ痛い目には遭わせてねえよ。ちょっと薬使ったんで、泣きながらよがってるけどよ。……そう怒るなって。あんたとあんたの女に、思い知らせてやれって、人から頼まれたんだ。こいつ、他の愛人とは違うんだろ。……俺か？　俺はあんたに恨みはないぜ。けど、そうだな。五千万。あんたならこれくらい屁でもないんじゃねえの？五千万用意するなら、こいつを離してやる」

その言葉に、熱に浮かされたようになっていた思考が戻った。鷲頭に迷惑をかけたくない。

「別に俺らはこのまま、ヤり殺してもいいんだぜ？　頼まれたのはあんたらを傷つけるとこまでだから。でもまあ、危ない橋渡ってるし、もうちょっと実入りがないとね。わかったか？　ああ、今から少しだけ、話をさせてやる」

ヒゲが言い、電話を持ってこちらに近づいてくる。それを見て、隼人を犯す男が再び腰を深く打ち付けた。傍らで自身の一物を扱き上げていた男も、自慰をやめてニヤつきながら隼人のペニスと乳首を弄り始める。

「ん、ふ……っ、んっ」

痴態《ちたい》を声に出すまいと唇を噛む隼人に、電話が押し付けられた。

「わ……」

鷲頭さん。男の名を呼ぼうとした時だった。

『……遊っ』

電話から鷲頭の声が聞こえ、凍りついた。

『遊、無事か？　悪かった。今すぐ助けに行くからな』

珍しく狼狽《うろた》えた男の声が、遊、遊と繰り返す。どうして別の名前を呼ぶのか、すぐには理解できなかった。

『遊、返事をしろ』

応えのないことに焦れたのか、声色が悲愴《ひそう》なものになっていく。

（――ああ、そうか）

ヒゲの男は隼人の名前を出さなかった。他の愛人とは違う、大事な恋人。その言葉に鷲頭が連想したのは、隼人ではなく遊だった。

当然だ。そもそも隼人は今日、彼に振られて捨てられている。どうして彼が隼人のことなど思い浮かべるだろう。

「ふっ……」

ぽっかりと、目の前が空虚に開けた気がした。身体の力が抜けて、変わりに笑いが込み上げてくる。

「ふ、は……ははっ」

おかしかった。何もかもが酷く滑稽に思えた。水谷は馬鹿だ。自分を犯して傷つけても、鷲頭が思い知ることなどない。ヒゲの男も同じだ。お荷物の子分に誰が五千万など払うものか。そして鷲頭の大切な女だと言われ、相手の思い違いに気づかない自分が一番愚かだと思った。

ヒーッ、とヒステリックな笑い声を上げる隼人に、電話の向こうから焦った声がする。それでもなお、『遊？』と聞かれるのに、笑いが止まらない。

箍《たが》が外れたように笑い転げる隼人に、さすがの男たちも異様なものを感じたようだ。隼人を犯していた男が、気圧されたように身体を離す。

「おい、何なんだ急に」

ヒゲの男は「また連絡する」と言い捨てて通話を切った。

「どうしちまったんだ、ハヤト君は？」

「遊、だってさ」

「あ？」

「あの人、ここにいるのが俺だって知らなくて、『遊』って呼んだんだ」

三人が顔を見合わせる。どういうことだ、と太った男が言った。

「間違えたんだ。勘違いだよ。あの人の『特別な女』ってのは別にいる。俺は今日、あの人に振られて捨てられたんだからな。依奈と同じだ。俺を痛めつけたってあの人は何とも思わないし、ましてや五千万なんて金、払うわけねえだろ。助けにも来ないさ。せいぜい、お前らと一緒に消されるのがオチだ」

ヒゲを除く二人の顔に動揺が走る。ヒゲだけが動じない顔で、「あらら」と間の抜けた声を出した。

「やっぱ、そうなん?」

「そうなん、て。知ってたんすか」

他の男たちが怯えたようにヒゲを見た。

「鷲頭に男の恋人がいるって噂は、前から聞いてたからな。噂じゃ、そいつは細っこい美人だが、この兄ちゃんはそんなタイプじゃねえだろ。時期も年恰好も合わねえし。水谷の勘違いかと思ってたんだけど、まあ金もらえればいいやって」

へらへらと言うヒゲに、隼人はうっそりと笑った。互いに笑い合うヒゲと隼人を、男たちは気味悪そうに見比べる。

「どうすんですか、こいつ」

「どうもしねえよ。勘違いかなんか知らんが、水谷はこいつをご指名だったし、仕事は果たした。金も前金でもらってるしな。五千万は俺の思いつきなんだから、まあ残念でしたってことで」

問題ないだろ？　と肩を竦める。男たちはしかし、動揺したままだった。

「でも、こいつに顔も覚えられたし。逃げる金がないじゃないですか」

「何で逃げるんだよ。必要ねえだろ。こいつを帰さなきゃいい話だ」

えっ、と二人の顔色が変わった。

「バラすんですか」

それはちょっと……と、男たちは青ざめる。しかしヒゲは飄々としたものだ。

「最初からそのつもりだったよ？　金もらっても、もらわなくても。でなきゃベラベラ水谷のことなんか喋らねーよ。そんな顔しなくても、ド素人のお前らに仕事はさせねえから安心しろ」

その言葉に「それなら……」と二人が安堵の顔を見せる。どうやら二人は、自分たちが手を汚す心配をしていたようだった。

「じゃあ、続きすっか」

サバサバと言ったヒゲに、男の一人は「俺、入れてる途中だったんすけど」などと追随《ついずい》している。

「あ、でも、水谷さんから足が付かないですかね」

「付かねえよ。あいつももう、喋れないから」

えっ、と驚く男たちをよそに、ヒゲがまた隼人の上にかぶさってくる。ヒゲは本当に隼人が気に入ったようで、犯しながら身体のあちこちにキスマークや歯型を付けていた。

「それじゃあ、水谷さんも……」

「俺じゃねえぞ。猪井組だよ。あいつアホだから、猪井組から追い出された腹いせにブツ持ち逃げしてなあ。この件の報酬《ほうしゅう》も、それ捌いた金なんだよ。いやー、先に現金でもらっといてよかったわ」

のんびりと言う男が律動を再開したが、隼人の中にあった熱はとうに霧散《むさん》していた。

「こいつ、勃ってないっすよ。さっきまでノリノリだったのに」

「殺されるってわかって壊れちまったんじゃねえの？　つまんねえな。ちょっと上の口からも薬入れとくか」

誰かがカラフルな錠剤を取り出し、隼人の口の中に押し込む。それを吐き出す気力も、もうなかった。どうせ自分はここで殺される。抵抗するのも馬鹿馬鹿しかった。

一人が射精を終えると、また一人が入ってくる。揺すられているうちに、視界が歪《ゆが》んだ。それが薬の効果なのか、どこまでも堕ちて行く感覚に、隼人は静かに目を閉じた。


どのくらいの時間が経ったのだろう。

混濁した意識の中で、まだ荒い息と共に、男が腰を使っていた。後ろの感覚は既になく、足の間にある一物は萎《しぼ》んでいる。

（まだ生きてるのか）

中途半端に痛い思いをするくらいなら、このまま死にたいのに。

「死にたいのか？」

無意識に声が出ていたのか、ヒゲの男がこちらを見下ろして笑った。虚ろなまま、隼人は小さく頷く。男が笑って「いいぜ」と手を伸ばしてくる。かさついた手のひらが首に押し当てられた。

「そろそろ片付けないとな。絞《し》めながらやると、最高に気持ちいいんだ」

首を絞められる苦しさに、顔を歪ませた時だった。爆音のようなけたたましい音を立てて、ドアが蹴破られた。数人の人影が無言のまま入ってくる。

「何……」

夢想の世界に浸っていた男たちは、のっそりと頭を上げた。隼人も、何が起こったのかわからなかった。

「隼人っ」

長身の人影が叫ぶ。懐かしい声は、鷲頭のものだ。

「鷲、頭……さん？」

どうしてここにいるのだろう。鬼のような形相で近づいてくる男を、わけがわからずぼんやりと見上げる。

「何だ、てめえ」

ヒゲの男が、ようやく事態を悟ってゆらりと身体を離す。ペニスが引き抜かれ、隼人は軽く顔をしかめた。それを見下ろす鷲頭から、ギリ、と歯を噛みしめる音がする。

次の瞬間、隼人の上にいたヒゲの身体が跳ね飛んでいた。へしゃげた声を上げてベッドの下に転がる男を、鷲頭が執拗に蹴り上げる。

「何しやがんだ、オラァ！」

周りにいた男たちが怒号を上げて襲いかかってきたが、鷲頭は顔色一つ変えずに身を翻した。戸口にいた新たな人影が飛び出してきて、鷲頭に加勢する。木場だった。彼が軽く拳を顔に叩き込むと、男たちは無機物のようにどっとその場に崩れ落ちた。音もなく、ほんの数秒で場は制圧された。

鷲頭は木場の動きを黙って見ていたが、地べたに転がる男たちのむき出しの下半身を一《いち》瞥《べつ》すると、無言のまま尖った革靴の先を睾丸に突き刺した。

「ひぎぃぃっ」

「よくもこんな汚えのを、うちのにブチ込んでくれたな」

ぐりっと踏み潰した陰部がへしゃげる。男たちは痛みにのた打ち回ったが、鷲頭は執拗

に蹴り続けていた。

「そろそろやめて下さい。ここで殺すと持ち出しが面倒なんで。あんたも、これだけで済ますつもりはないでしょう?」

暴走を制止したのは、駒ケ根の軽い声だ。その後ろから、彼の腹心たちが顔を出す。

駒ケ根の舎弟たちは引っ越し業者のような手慣れた手つきで三人の男にブルーシートを巻きつけると、周りをガムテープで固定し、外へと引きずって行った。

「先に、運んでおきます」

「俺が行くまで生かしておけ」

速《すみ》やかに立ち去ろうとする駒ヶ根に、鷲頭が冷たい声で指示を出す。後には鷲頭と隼人、それに木場が残った。

「隼人」

「……俺のことも、殺すの」

彼らが自分を助けに来たのだとは、信じられなかった。ぼんやりとした口調で鷲頭に尋ねる。

別にもう、殺されても構わない。ただ最後は苦しませないで欲しいと頼むと、鷲頭は一瞬、目を大きく見開いた後、苦しげに顔を歪ませた。

「……違う。助けに来たんだ」

どうして、と隼人は、沈鬱《ちんうつ》な表情で自分を見下ろす男に問いかける。

「俺なんか助けたって、しょうがないだろう」

笑おうとしたが、顔の筋肉が引き攣《づ》れただけだ。男はそれに、痛ましそうな視線を向ける。

「馬鹿なことを言うな」

焦点の定まらない目でぼんやり見上げる隼人を、鷲頭はそっと抱きしめる。嗅ぎ慣れた男の匂いとぬくもりが、酷く遠く感じた。

腕の拘束を外された隼人は、鷲頭の上着を掛けられ、彼に抱きかかえられて外に出た。拉致されていたのは一軒家で、場所はどこか長閑《のどか》な感じのする住宅地だった。人通りのない薄明るい朝靄《もや》の中、隼人は鷲頭と共に、木場の運転する車で病院まで運ばれた。

その後のことは、あまり覚えていない。薬のせいなのか、受けた暴力によるショックなのか、夢現《ゆめうつつ》の意識の中で、色々な検査をされていたようだった。

鷲頭はいつの間にかいなくなっていて、代わりに木場が母親のように付き添ってくれていた。それが申し訳なくて、何度も木場にごめんと謝った気がする。

「金城もみんなも心配してる。早く回復して、元気な姿を見せてやれ」

その度に木場は無表情のまま、けれど何かをこらえるように目を瞬かせて、同じセリフを繰り返した。

それから気づくと、病院のベッドに寝かされていた。頭には包帯が巻かれ、腕からは点滴が下がっている。どこからか看護師が現れて、飲めるならできるだけ水分を摂れと水差しを置いて行った。脱水症状を起こしていたという。今日の日付を聞いて、自分が丸三日拉致されていたことを知った。

看護師に付き添われてトイレに行ったが、洗面台の鏡に映る自分はまるで別人のようだった。

三日間、摂取したのはわずかな水とドラッグだけ。何度かヒゲに水を飲まされたのは覚えているが、固形物を口にした記憶はない。

ほとんど飲まず食わずで犯されていたせいか、目の周りは真っ黒い隈《くま》に覆われ、顔の輪郭は肉を削《そ》いだようになっていた。皮膚はかさついて粉《こ》を吹いている。自分の身体が、以前とはまったく違うものになってしまった気がした。

一人きりの病室でうつらうつらして、目が覚めると食事の時間になっている。時間の感覚がなく、何度食事をしたのかもよくわからなかった。時々、木場が現れてぽつぽつと会話をしたが、もしかするとずっといたのかもしれないし、或いは何度か見たうちのいくつかは夢なのかもしれなかった。

鷲頭は隼人の記憶にある限り、一度も現れなかった。彼はどうしているのだろうとぼんやり思うこともあったが、深く考えることはなかった。定期的に与えられる鎮静《ちんせい》剤のせいか、心が自然に防御していたのかもしれない。鷲頭のことを考えると、それに続く様々な記憶が蘇《よみがえ》りそうで、怖くなることがあった。

それでも、しばらくすると次第に記憶がはっきりしてきて、一日の流れがわかるようになり、入院して一週間ほどたった頃には、夢と現実の区別もつくようになっていた。

「お前を拉致した実行犯には制裁を加えた。もう手を出してくることはないから、安心しろ」

見舞いに現れた木場もまた、隼人の様子を見て話ができると判断したのだろう。その日初めて、事件のことを口にした。

木場の口調から、隼人を凌辱した男たちはもう、この世にはいないのだと直感する。だがそのことに対して、何の感情も湧かなかった。

「水谷に頼まれたって言ってました。極道じゃないみたいだった」

隼人が言うと、木場も「ああ」と頷く。その辺りは、死ぬ間際の男たちから聞き出しただろう。

「最初から、俺を殺す気だったらしい」

ふと瞼の奥にヒゲの男の顔が映る。隼人の首に手を伸ばしてきた、虚ろな笑いを浮かべた男の顔だ。あと少し鷲頭たちが来るのが遅かったら、殺されていた。

（いや、あの時、俺は……）

殺してくれと自分から言った気がする。もう生きている価値などないからと。

「隼人、大丈夫か」

「……何でもないです」

木場が気遣わしげに覗き込んでくる。慌てて記憶を振り払ったが、しばらく残像が残った。

「それより、あいつらが水谷はもう、死んでるって言ってました」

「ああ、知ってる」

水谷が猪井組から薬を持ち出して消されたことも、木場は既に知っていた。水谷は隼人が救出された直後に、栃木《とちぎ》県の山中で死体で見つかっていた。小さくニュースになり、猪井組の構成員が逮捕されたという。

それから木場は、隼人が助け出された経緯も教えてくれた。

鷲頭は男たちの脅迫《きょうはく》電話を受けてすぐ、遊の安否を確認したらしい。彼は無事で、自宅のマンションにいた。

そしてその後、隼人が携帯に出ないこと、他の愛人たちとは連絡がついたことで、ようやく拉致されたのが隼人だとわかった。携帯のGPSを辿ると、鷲頭のマンションの近くに落ちているのが見つかった。

鷲頭は人を使って都内だけでなく近県にも捜索の手を伸ばし、心当たりを虱《しらみ》潰しに探した。水谷の名前も挙がっていて、彼の人間関係を辿っているうちに元不良グループのメンバーに行き当たった。更にその行方を探っていたところで、メンバーの自宅付近で徘徊《はいかい》する依奈を見つけたのである。

　薬物の摂取で酩酊状態だった彼女は、すんなりと隼人が拉致された居場所を吐いた。

「それで、依奈は？」

　どうなったのだろう。木場はわずかに眉を寄せ、嫌悪の表情を見せた。

「無事だ。居場所を吐かせて、鷲頭さんの知り合いの警察に引き渡した。だいぶ依存が進んでたから、シャバに放り出すより塀《へい》の向こうに行かせた方がいいだろうってな」

　事務所を解雇されていたとはいえ、そこそこ知名度のある女優だ。スキャンダルは免れないし、実刑を食らうかもしれない。だが、死ぬよりはいいだろう。

　女の無事を聞いてほっとすると同時に、隼人はふと、依奈と一緒にいたカズという少年がどうなったのだろうと思う。まだ子供といえる年恰好だった。どこかに逃げたのかもしれないが、あの場にいたのなら、男たちと同じ運命を辿ったはずだ。

　もし後者だとすれば、敢えて聞きたくはない。隼人は少年のことを意識の奥に押しやって、代わりに別のことを尋ねた。

「警察に関わったりして、まずいことになりませんか」

　警察は暴力団にことさら厳しい。色々と探られて、制裁を受けた男たちのことが明るみに出たりはしないだろうか。それについても、木場は問題ないと答えた。

「表に出るようなやり方はしてない。万一のことがあっても、うちは警察にもパイプがあるからな」

「そうですか……」

ほっとした途端、疲労感に襲われた。目を閉じて薄い枕に頭を沈ませると、「大丈夫か」と木場がまた、気遣わしげな声で尋ねてくる。

「少し、だるいだけです。毎日寝てばっかりだから」

「明日には退院できるそうだ。また迎えに来る」

取り成すように言われた。だが、これからどうなるのだろう。拉致される前、鷲頭からは部屋を出ろと言われていた。一人で新しい暮らしをして、以前のように組の仕事をする。それが今の自分にできるのだろうか。

正直、今は何かをしようという意欲が湧かなかった。ヒモだった時期、不貞腐れて自分を持て余していた時の無気力さとも違う。楽しいとか悲しいとか、感じることすら面倒だった。食事をするのも煩わしく、点滴の方がいいと思う。だがそれを医師や看護師に伝えるのも億劫なのだ。

目の前で、心配そうに自分を見下ろす木場に、申し訳ないと思う気持ちは湧くのに、それをどうにかしようという気は起こらない。こんな自分が、果たして組にいられるのか。

（どうすればいいんだろう）

「隼人。お前は何も心配しなくていい。今は身体を休めることだけを考えろ」

こちらの胸の内を読み取ったように、木場はそう言って帰って行った。一人になるとまた眠くなって、とろとろとした浅い眠りに落ちていく。

翌日になって再び目覚めた時には、もう少し頭がはっきりしていた。それでもまだ、身体が沈み込んだように重い。

昼過ぎ、迎えに来た木場と共に、鷲頭の姿があった。だが鷲頭を見た瞬間、これまで忘れていた様々な記憶が奥から溢れてくる。隼人は慌てて顔を伏せ、記憶に蓋《ふた》をした。

「……面倒かけて、すみませんでした」

俯いたまま隼人が言った言葉に、迎えに来た二人がどんな表情をしたのかはわからない。沈黙の後、ベッドに人の近づく気配がした。

「帰るぞ」

頭上で声がしたかと思うと、ベッドから乱暴に引きずり降ろされていた。

咄嗟に足の力が入らずよろめくのを、鷲頭が掬《すく》い上げる。そのまま軽々と肩に担ぎ上げられ、隼人は慌てた。木場も隣でぽかんとしている。

「鷲頭さん、離し……」

「一人じゃ歩けないだろうが。頭、ぶつけないように気を付けろよ」

きっぱりと言い、病室を出る。まだ病衣《びょうい》のままだ。通りすがりの看護師や患者に、何事かとぎょっとされるのが恥ずかしかったが、鷲頭の足取りは隼人を抱えながらも素速かった。あっという間に病院の駐車場まで辿り着くと、鷲頭は木場が先回りして開けた後部座席に隼人と乗り込んだ。

車内では誰も口をきかなかった。鷲頭のマンションでもやはり駐車場から部屋まで抱え上げられたが、隼人ももう大人しくしていた。木場はすぐに帰って行った。

ソファの上に降ろされた隼人は、唐突に鷲頭と二人きりになって、どうすればいいのかわからない。

自分はこの部屋を出なくていいのだろうか。どうして鷲頭はここに置いてくれるのだろう。同情なのか。

色々なことを聞きたくて、だが同じくらい何も聞きたくない気もした。まだ、自分の身に何が起こったのか、思い返したくない。男たちにされたこと、電話に出た鷲頭が呼んだ名前。

思い返したら最後、自分がどうなってしまうのかわからなかった。何も考えたくない。意味のあることを考えると、その端から記憶が蘇りそうな気がする。だから、ソファに座った自分がこれからどうするべきかも考えつかず、ただぼうっとしていた。

そんな隼人を、鷲頭はどう思ったのだろう。足音も立てずにそっと近づくと、隼人の前で膝を折った。

「腹は減ってないか」

下から覗き込んでくる男の目を、隼人は見ることができなかった。ふいと逸らしてかぶりを振る。

「じゃあ少し休め。一人の方が寝やすいなら、客間を使えばいい」

どっちでも、と答えてから、そういえば風呂に入っていないことに気がつく。病院で目を覚ました時には既に、汚液にまみれた身体は綺麗にされていた。だが意識のない隼人を風呂に入れたわけではないだろう。

何となく、まだ身体に汚れが残っている気がして、とてもそのままベッドに入る気にはなれなかった。

「あの、風呂……」

おずおずと言うと、即座に隼人の意図を汲み取ったのか、抱え上げてバスルームへ運ぼうとする。驚きながらも、今度は真剣に抵抗した。

「一人で入れるのか」

しばらく歩かなかったせいで、弱ってしまった足を心配しているのだろう。一緒に入りそうな勢いなのを、隼人は慌てて制した。

「大丈夫だから」

とても、鷲頭の前で裸になる勇気はなかった。その時、自分がどういう態度を取るのかわからなかったし、鷲頭の反応も気になる。それに何より、男たちから受けた暴行がどんな形で身体に残っているのか、わからないままで不安だった。

よろよろと壁伝いに歩きながら、バスルームへ入った。元々、足を怪我をしたわけではないのだから、ゆっくりでも自分で歩いた方がいいだろう。洗面所の鏡を見ないようにして、病院から着てきてしまった病衣を脱ぐ。

熱いシャワーを浴びると、ふっと身体の強張りが取れるのがわかった。ずいぶんと冷えて固くなっていたのだと気づく。しばらくはただ、熱い湯を浴びていた。

それから意を決して、自分の後孔へ手を伸ばす。ピリリとした痛みに一瞬、ぎくりとしたが、男たちから肛虐を受けたそこは、意外にもしっかりと閉じていた。あれほど大量に注ぎ込まれた精液も、今は跡かたもない。

……大丈夫だ。

隼人は自分に言い聞かせる。思ったよりもショックではない。女ではないのだから、こんなことは大したことじゃない。

だが無理に笑いを浮かべたのも束の間、鎖骨に歯型の痕を見つけ、凍りついた。

胸だけではない、腹や足の付け根の際どいところにまで、歯型が残っている。それはかさぶたになっていて、血が出るほど噛まれたことを意味していた。

「あ……」

それらを見た時、不意に思い出した。口から薬を飲まされた後、異常な視界の中で起こった出来事。

気持ちが高揚していた。めまぐるしく変わる視界に感動すら覚え、男たちの行為を許し、受け入れた。自分を犯す男たちに愛しさすら感じて、腰を振り、甘えてねだったのだ。同じく薬物に酩酊していた男たちもまた、慈しむように隼人の身体を貪り、身体中に愛撫を施した。

思い出して、吐き気がした。あの時の自分を縊《くび》り殺してやりたい。どうして死ななかったんだと、自分を罵倒《ばとう》する。許せない。レイプした男たちよりも、自分自身が。

「くそっ……ちくしょう……」

悪態をつきながら、身体に残ったかさぶたを剥がした。一つ一つを執拗に、血が滲むほど擦って、ようやくそこだけが浄化された気がする。傷口から出た赤い糸が、細く排水溝に流れて行くのに、わけもなくホッとした。

どれくらい、そうやっていただろうか。

「何をしてる」

怒ったような声がして顔を上げると、いつの間にか戸口に鷲頭が立っていた。

隼人の身体に血の筋がいくつか伝うのを見て、わずかに眉根を寄せる。だがすぐに傷から視線を逸らすと、静かに言った。

「早く上がれ。風邪を引く」

「まだ、ちゃんと洗ってないから」

語尾を濁して、男から傷を隠すように背中を向けた。この身体を、見られたくない。

「それだけシャワーを浴びれば十分だ。入ってからどれだけ時間が経ったと思ってる」

早く出て行って欲しいという意思表示のつもりだったのに、鷲頭は少し苛立った声を上げた。それを聞いて、隼人もかっと怒りが湧いた。

「うるせえな。あんたに関係ないだろ。放っておいてくれよ」

「いいから上がれ」

言いきって服のまま中に入ってくると、腕を取り強引に浴室から出そうとする。隼人は激しく抵抗した。

「離せよ。見るな！　見るなったら！」

弱っているとはいえ、隼人が渾身の力で暴れれば、鷲頭一人の手に余る。暴れた拍子に鷲頭の顔や体に拳が当たったが、彼は怒らなかった。隼人を浴室から引きずり出すと、無言のままバスタオルを巻きつける。

「薬を飲んでもう寝ろ」

隼人を持て余しているのか、鷲頭の口調はぞんざいだった。隼人は思わず、「ははっ」

と乾いた笑いを立てた。

「やけに優しいんだな。拉致られる前までは、俺のこと追い出そうとしてたくせに。どうして気が変わった。同情か？　それとも、てめぇの便所穴が他人に使われて怒ってんのか……」

最後まで言う前に、頬を張られていた。大きく頭が傾ぎ、わずかの間を置いて頬が熱くなった。鷲頭が半ば本気で叩いたのだとわかる。

「まとまってねぇ頭でグチャグチャ考えんじゃねぇ。いいから今は休め」

頬の痛みと、ぶっきらぼうだが労るような男の声音に、ぼろっと涙が零れた。バスタオルにくるまれた身体をそっと抱きしめられ、隼人は逞しい胸に顔を埋《うず》めた。嗚咽を噛み殺してしがみ付くと、背中を優しく撫でられる。

「早く助けてやれなくて、すまなかった」

やがて呟かれた男の声は、心の底から悔《く》いているかのようだった。

（そうだ。もう、俺は助かったんだ……）

生きて帰って来れた。自分を凌辱していた男たちも、もういない。鷲頭の声に呼び覚まされるように、隼人はようやくそのことを自覚した。と同時に、頭の隅に閉じ込めていた感情が、壊れた蛇口から溢れるように止めどなく押し寄せて来た。

「た、助けになんて来ないと思ってた。だから俺、あのヒゲに頼んだんだ。殺してくれって。苦しみたくなかった」

「隼人……」

「あんたは電話で、『遊』って呼んだ。俺のこと間違えて、『遊』って。だから、拉致られたのが俺だってわかったら、助けに来てくれないと思っ……っ」

最後の言葉は嗚咽に紛れて声にならなかった。むせび泣く隼人に、鷲頭は抱きしめる腕の力を込めた。

「……悪かった。隼人。俺が悪かった」

そのまま、抱きかかえられるようにして寝室へ連れて行かれた。綺麗に整えられたベッドに寝かされる。子供にするように額にキスを落とされ、また涙が出た。

「なあ。抱いてくれよ」

涙の溜まった目で懇願すると、鷲頭はこちらの真意を量《はか》るように無言のまま隼人の表情を見つめた。

「だめか？　こんな汚い身体じゃ、抱く気にならない？」

「馬鹿を言うな」

卑屈に笑うと、怒った声で言われ、キスで唇を塞がれた。抱きしめる腕が強すぎて痛い。だが不思議と、その拘束感が心地よかった。頬に触れてくる手は、いつもよりずっと繊細《せんさい》で優しい。

ベッドに上がりながら、男は「大丈夫か」と、気遣わしげに問いかけてきた。

「わからない。でも、最後まで抱いて欲しい。酷くしてもいいから。あいつらの残した痕、消して欲しいんだ」

精悍《せいかん》な美貌が、一瞬、痛みを受けたようにしかめられる。その顔が隼人の首元に伏せられ、喉笛に鋭い痛みが走った。男たちが付けた傷に、男が牙《きば》を当てる。肉食獣が獲物を殺すように強く噛むのを、隼人はうっとりと受け止めた。

そのまま食い殺してくれればいいのに、と思う。抱いてくれるのは、同情だとわかっていた。だがそれでもいい。今こうして、腕の中に入れてもらえるのなら。

「名前で、呼んでもいい？」

「ん？……ああ」

「譲介、さん」

おずおずと呼ぶと、男は目を細めて笑った。身体のあちこちに噛み痕を残しながら、徐々に下がって行く。だが足を大きく開かされ、顔が埋められた後、男の舌が後ろの窄まりにぬるりと押し込まれた時には、慌てて髪を引っ張っていた。

「な、何してんだよ」

指で愛撫されたことはあるが、今までそんなこと、一度だってされたことはなかった。

鷲頭だけではなく、他の誰にもだ。慣れない愛撫に顔を真っ赤にしていると、男は楽しそは一瞬、今までにあったことも忘れて腰を浮かせていた。
「いいから、黙って可愛がられてな」
言うなり再び、熱い舌が入ってくる。ヌクヌクと襞を出入りするぬめった感触に、隼人
うにニヤニヤと笑う。

「あ……あぁっ」
舌で秘部を濡らしながら、鷲頭の大きな手がくるりと隼人の陰茎を包む。太く長い指が
肉を扱き上げ、あっという間に隼人を追いつめていった。
「ふ、あっ、譲介さ……も、う……」
早く欲しいと懇願すると、鷲頭は口腔での愛撫をやめ、隼人に覆いかぶさってくる。ズ
ボンの前立てをくつろげ、半勃ちになっていた自身を何度か手で擦り上げた。
「大丈夫か」
かつて、思うさま隼人の身体を蹂躙《じゅうりん》していた男は、勃ち上がった性器をあてがいなが
ら、なおも気遣わしげに問いかけてくる。隼人はこくこくと頭を縦に揺らした。
ここまで来ても、隼人を犯した男たちと鷲頭とは、まったく重ならなかった。顔も体つ
きも、愛撫の仕方も、鷲頭と男たちとは少しも同じところがない。その事実に、隼人は心
の底から安堵した。
「辛かったら言えよ」

優しく言い、隼人にキスを一つすると、ゆっくりとペニスを挿入する。

根元まで埋め込むと、鷲頭は大きく息をついた。

「俺、緩くなってない？」

不意に心配になって問うと、鷲頭は少し顔をしかめながら笑った。

「おかしなことを気にするな」

「だって……」

「なってねえよ。きついまんまだ。俺の形にちゃんと馴染んでる」

その言葉に、隼人はほっとして微笑んだ。鷲頭は半身を繋げながら、身を折ってあやすようなキスを繰り返す。

やがて始まった律動はゆっくりとしていたが、隼人の身体を知り尽くした男は、細やかな愛撫と共に隼人の最も感じる部分をゆるやかに突き上げていった。

「……あ、あっ、譲介さんっ」

「怖いか、隼人」

鷲頭は隼人に愛撫を与えながらも、何度となくこちらの様子を窺っていた。痛い記憶を呼び起こさないか、細心の注意を払っているのだ。

「平気……だ。気持ちい、いっ……」

男の背中に腕を回した。一緒に感じて欲しい。隼人の表情から無言の願いを読み取ったのか、鷲頭は慈しむように口づけると、隼人の足を更に大きく開かせ、腰を強く打ち付けた。次第に動きは激しくなって行き、鷲頭の唇から漏れる息も荒く熱いものに変わる。隼人もまた、次第に上り詰めて行った。

「譲、介さ……」

到達の予感に、相手の名前を呼んで深くキスをする。隼人は快感に打ち震えながら、男と自分の腹の間に欲望を吐き出した。それと同時に身体の奥に男の熱が注ぎ込まれる。

身体を離すのが惜《お》しかった。足と腕を相手の身体に絡めてぎゅっと力を込めると、鷲頭は苦笑しながらもキスで答えてくれる。二人はしばらく繋がったまま、ついばむようなキスを繰り返した。

身体を離してからも、鷲頭は優しかった。今度は一緒に主寝室のバスルームを使い、隼人の身体を綺麗に流してくれた。ベッドのシーツも新しいものに換えられ、二人で潜りこむ。まだ体力の戻っていない身体は疲弊していたが、眠れなかった。鷲頭はそんな隼人の髪をゆっくりと撫でながら、おもむろに口を開いた。

「お前がいない間、この部屋に一人でいるのが妙な気分だった」

一緒に暮らしたのは二か月にも満たない短い間なのに、隼人がいないことに違和感を覚えたという。

「嘘だ。あんた前にさんざん、空気みたいだとか、いてもいなくても変わらないようなこ

とを言ってたじゃないか」

「だから妙だったんだ。以前は、お前の存在なんか気にしたことはなかったのに」

「ひでえな」

隼人が言うと、鷲頭は声を立てて笑った。だがふと真顔になると、

「帰ってきて良かった」

と言った。隼人は不覚にも泣きそうになった。あの時、死ななくて良かった。生きて帰って来れて良かった。

「うん……」

「心細い時に、お前の名前を呼んでやれなくて悪かった」

「いいんだ、それはもう」

迎えに来てくれただけで嬉しい。今は素直にそう思える。だが鷲頭は小さくかぶりを振ってなおも言った。

「電話を受けた時、昔のことを思い出した。遊が以前、俺のとばっちりを食らって、拉致されかけたんだ。あの時と同じだと思った」

そういえば以前、木場が言っていた。隼人が木場から聞いたことを話すと、鷲頭も頷く。

「その前には、お袋が殺されてる。こっちは前にも少し話したよな。俺が高校生の時だ」

抗争そのものは、三井が会長に就任することで収束していたが、争いに敗れた派閥の構

成員が報復のために鷲頭の母親を誘拐し、殺害したのだった。

「ヤクザの女房のくせに、ヤクザ嫌いだったんだ。だから籍も入れなかった。親父に騙されたって言ってたな。息子が生まれた後も、親父とは最低限の関わりしか持たなかったし、俺にも絶対に父親の世界と関わるなと言っていた。なのに、その大嫌いなヤクザの抗争に巻き込まれたんだ」

皮肉なことだと、当時の鷲頭は思った。ただ殺されただけではない。隼人が受けたような、いやそれ以上の恥辱《ちじょく》と凄惨《せいさん》な暴力を受けて死んだ。警察も父親の三井も、鷲頭には母の遺体を決して見せようとしなかった。

母を殺した犯人はすぐ、三井らによって更なる報復を受けたが、それで母親が帰って来るわけではない。鷲頭は母を奪った極道の世界を恨んだし、決して関わるつもりはなかった。

しかし、周囲はそう見てはくれない。抗争があってから、鷲頭が付き合っていた女はみんな逃げて行った。何かと言うと鷲頭を持ち上げていた友人たちも、巻き込まれることを恐れてか近づかなくなり、母を失った悲しみと孤独、そして極道や周囲への怒りで鷲頭は荒れていた。

そんな時にたった一人、傍に残ったのが遊だったのだ。ことさら励《はげ》ますのではなく、ただずっと、鷲頭が立ち直るまで傍にいてくれた。

恐らく、その時から身体の関係が始まったのだろう。はっきりとは言わなかったが、昔のことを話す鷲頭の言葉の端々に、そんなニュアンスがあった。

「だから、あいつは友人で恩人なんだ」

「……二人は、付き合ってたわけじゃないのか？」

ふと疑問に思って隼人は尋ねた。そこまで深く関わって、どうして友人だというのだろう。

「俺はあいつにずっと惚れてたし、付き合ってくれと何度も言ったんだがな。その度に振られた。俺とは、友達でしかいられないんだと」

苦く笑う男は、遊が頑《かたく》なに拒む理由を知っているようだった。だが、それ以上のことは話さない。隼人も聞くことはできなかった。

「それでもあいつがどの女よりも傍にいた。だから誤解されたんだろうな。母親の事件から立ち直りかけた頃、今度はあいつが俺の女に間違えられて、拉致されかけたんだ」

犯人は六和会内部の人間だった。抗争後も三井の台頭を許せない者がいて、息子を叩くためにその恋人……と誤解されている遊がターゲットになった。

実際は遊が攫《さら》われる前に、鷲頭と鷲頭に付いてた六和会のボディガードが救出し、遊自身は怪我一つ負うことはなかったというが、恐怖を味わうには十分な出来事だったろう。

そしてその時、鷲頭は自分がどう足掻《あが》いても極道の世界と関わらずにはいられないのだと悟った。遊はたまたま無事だったが、六和会のガードが鷲頭に付いていなければ、救い出すことは不可能だっただろう。堅気の鷲頭だけではどうにもできない。

「それで俺は、この世界に入ることにした。ここ以外では生きていけないだろうって思ってな」

大学に在学中、木場が彼を慕って追いかけて来たことが、背中を押した。二人で会社を立ち上げ、そこで得た利益を手土産に六和会の盃を受けた。

「だからあんたは、誰とも本気で付き合わないって言ったのか？」

本気で誰かを愛する、そういう気持ちはもう自分の中にはないのだと、鷲頭は言っていた。それは母親を抗争で失い、本気で惚れていた遊をも失いかけたことが原因だったのだろうか。

隼人が尋ねると、鷲頭は「そんな深刻な話じゃないけどな」と笑った。

「遊への気持ちも身内みたいな感覚になってきたし、今まで他にのめり込む相手もいなかった。こっちの世界に入ってからは、余計に色恋に損得が関わるようになったし、相手がどこまで本気なのか量ったり、気持ちを選り分けたりするのが面倒になったんだ」

それは、隼人に対しても同じことだ。改めて言われたようで、気持ちが揺れた。

こちらの暗い顔に気づいたのか、鷲頭が不意に口を噤む。

「喋り過ぎたな。疲れたか」

「……少し」

眠そうに言って、隼人が鷲頭の胸に鼻先を埋めると、相手はその背中を黙って抱き寄せた。

鷲頭が優しい。だがそれは同情と贖罪《しょくざい》によるものだと、今の話でわかった。隼人への償《つぐな》いだけではない。救えなかった母親や、巻き込んでしまった遊への思いもあるのだろう。この優しさが今だけだということもわかっている。

だが、それでもいい。たとえ愛ではなくても、今の自分には彼の優しさが必要だった。バラバラになった心を寄せ集めるための糧《かて》が。

そっと息を吐き、隼人は現実から逸らすように固く目を閉じた。

しかし、それからひと月が経っても、隼人は鷲頭のマンションを出られずにいた。

『しばらくは何も考えずに休め』

病院から戻って隼人を抱いた翌日、鷲頭は言った。その言葉に甘えてずるずると居座っている。

外にはほとんど出ていない。近場のスーパーに買い物に行くこともあるが、家を出るまでにかなりの気力がいるし、往復しただけで酷い倦怠感に襲われる。事務所にももちろん、一度も顔を出していない。

まだ、どんな顔をして組に戻っていいのかわからなかった。隼人が水谷の仲間に拉致され、私刑を受けたことは八祥組の組員たちにも知られている。どんな目に遭ったのかはその場にいた者たち以外には伏せられていると木場が言っていた。何も心配することはないのだと。

しかしむざむざと拉致されて、鷲頭を始め、組にも迷惑をかけた。彼らがどんな目で自分を見るのか、想像すると不安になる。

だから、鷲頭や木場が何も言わないのをいいことに、隼人はずっと引きこもりのような生活を送っている。

いつも頭に靄がかかったように意識がすっきりせず、ちょっと何かをするだけで疲れてしまう。心意《しんい》的なものだと言われ、医者から薬を処方されていたが、効いているのかいないのかいま一つ実感できなかった。

食欲も湧かないし、テレビや本に目を向ける気にもなれない。どうにか掃除や洗濯といった家の中のことはやるが、それだけだ。あとはぼうっと、鷲頭の帰りを待って過ごす。

あの日から不眠に悩まされている隼人は、鷲頭が帰ってきて抱かれた時だけ、普通に眠ることができた。彼がどこかに行って帰ってこない日は、あまり眠れない。短い時間うつらうつらして、嫌な夢を見て目が覚めるのだ。

こんなにも弱かったのかと、自分のふがいなさに腹立たしくなる。辛い経験をしたから仕方がないと言えばその通りだが、たった数日だけのあの事件で、自分の身体がここまで思い通りにならないことに愕然《がくぜん》とした。

そして拉致された時のことを思い出しては、もっと他に抵抗のしようがあったのではないか、ああしていればよかった、こうしていれば逃げ切れたのではと、詮《せん》のないことばかりを考えてしまうのだ。そうしていつの間にか、一日が過ぎている。

その日、鷲頭が帰ってきた時も、隼人は玄関で突っ立ったまま、ぼうっとしていたらしい。

「隼人？」

鼻先にある玄関のドアが開いたにもかかわらず、虚ろな心の中に入りこんでいた隼人にはそれが見えていなかった。目の前に突然、鷲頭が現れて、心底びっくりする。

「えっ……譲介さん？」

はっとして、自分が玄関にいたことを思い出した。キョトキョトと辺りを見回す隼人に、鷲頭は一瞬、不安げな様子を見せたが、すぐさま気を取り直したように、軽薄な笑みを浮かべた。

「何だ、わざわざお出迎えか？」

「ご、ごめん。買い物に行こうと思ってたんだけど」

玄関に立つと外に出るのがたまらなく嫌になり、いつの間にかぼんやりしていた。

今は何時だろう。鷲頭の手にはデパートの紙袋が提《さ》げられていて、そこからほんのりと惣菜の匂いが漂ってくる。買い物に行く必要はなくなったのだとわかり、しゅんとなった。

「遅くなったな。腹、減ってるだろう」

惣菜の紙袋を片手に、鷲頭はふわりと隼人の身体を包む。仕立てのいいスーツの柔らかい感触に、うっとりとして身を委《ゆだ》ねた。今日は彼の匂いしかしない。

この一か月の間でも時々、普段とは違う香りを纏って帰ってくることがあった。鷲頭のものではないトワレや、ボディソープの香りだ。他の愛人たちのところに行ったのだとわかる。仕方がないと思いながらも、やはり他の相手の気配がするのは寂しかった。

「お前、犬みたいだな」

頭上で微かに笑う声がして、顎を持ち上げられる。ぼんやり見上げると、唇を吸われた。

「ん……っ」

何度も角度を変えて口づけられる。鷲頭にそうされると、冷えていた身体の奥にすぐ火が灯り、余計なことは考えられなくなる。

「食事の前に、風呂にするか」

やがて唇を離して男が言う。ぼんやりしていた隼人は、その声にはっとした。そういえば昨日、鷲頭に抱かれてからシャワーを浴びていなかった。身体に付いた残滓は鷲頭が拭《ぬぐ》ってくれたが、それだけだ。寝て起きて、顔も洗っていない。

「お、俺、一人で行く……」

自分の状態に気づき、恥ずかしくなった。慌ててバスルームに向かおうとする腕を、鷲頭が摑んで引き寄せる。やんわりと摑んでいるようでいて、離そうとしても手は離れなかった。

「何だ、一緒に入ってくれないのか？」

引きこもるようになってから、鷲頭は隼人に甘い。まるで恋人にするように甲斐甲斐《かいがい》しく世話を焼き、凌辱の記憶を塗り替えるかのように抱いていく。

隼人はともすれば、自分がどうしてここに来て鷲頭と暮らしているのか、今まで彼にどんな扱いを受けていたのか、その経緯すら忘れそうになった。

浴室まで誘《いざな》われ、幼い子供のように隅々まで身体を洗われた。鷲頭は途中までは丁寧に隼人の身体を洗っていたが、そのうち戯れるように、後ろから腕を伸ばして隼人の胸の突起をコリコリと弄り始めた。

「譲介さん、それ、嫌だ……」

胸を弄りながら、もう片方の手で隼人の後ろをやんわりとほぐす。放っておかれたペニスは腹に付くほど勃起していて、自然と腰が揺れた。

「入れていいか？」

微かに掠れた声で尋ねる鷲頭の物も、既に大きくそそり立っていた。先走りの滲む固い肉棒が、先ほどから隼人の内腿の間をせわしなく行き来している。卑猥《ひわい》なその動きに隼人の息は一層早くなった。

「欲しい。譲介さんの……早く、くれよ」

恥ずかしさをこらえて言葉にすれば、男は一瞬、目を眇めて獰猛な情欲を滲ませる。隼人のうなじをきつく吸い上げると、尻に怒張をあてがった。柔らかく整えられた襞の中に、硬い楔《くさび》がずぶずぶと埋め込まれていく。

根元まで全て埋めきると、鷲頭はそっと息を吐いて再び、隼人のうなじを吸う。更に舌で首筋を舐め上げられ、隼人がくすぐったさに身を竦めると、その拍子に後ろが締まったのか、男は低い呻き声を上げた。

「そんなに締めるな。すぐイッちまう」

「だって、譲介さんが……」

身を捻り、拗ねたように背後を睨むと、鷲頭は笑って隼人の頤《おとがい》を取る。唇が合わさり、二つの身体がぴたりと重なる充足感にため息が零れた。

「……妙なもんだな」

ぽつりと鷲頭が呟く。うっとりとキスを受けていた隼人はわずかに目を瞬いた。

「いや、人ってのは変わるもんだと思ってな」

苦笑する鷲頭に、隼人は自分のことを揶揄されたのだと思った。ここに連れて来られた時の自分は、男に掘られるのなんてごめんだ、と言っていたし、自分を抱く鷲頭のことが憎くて仕方がなかった。恋愛沙汰になるなんて夢にも思っていなかったのだ。

「俺……」

なのに今の自分は、まるで女だ。いや、実際そうなのだろう。鷲頭の女だ。たとえ女になっても、鷲頭の傍にいられるならそれでいい。

――だが、いつまで？

「違う。お前のことじゃない。変わったってのは、俺の話だ」

隼人の暗い表情に気づき、鷲頭が珍しく慌てた口調で言った。

「――譲介さんの？」

「お前がいない時、一人で家にいるのが妙な気分だったと言っただろう」

「うん？」

何を言いたいのだろう。よくわからずに首を捻ると、鷲頭は一瞬言葉に詰まった後、何かを諦めたように苦笑した。

「……いや。それだけだ。ただの独り言だ」

「え？」

はぐらかされてしまった。不安に視線を揺らす隼人に、男はあやすように再びキスを落とす。

「最中に、妙なこと言って悪かったな」

言うなり、身体に埋め込まれたままだった楔を緩く動かし始めた。

「ひっ、あ……っ」

後ろから回ってきた指が両方の乳首を擦り始め、首筋に唇が這い回る。突き上げられる度、触れてもらえないペニスがぶるんぶるんと揺れて透明の蜜が零れた。自分で触ろうとすると、鷲頭が邪魔をする。

「やだ、前も……弄ってくれよ」

もどかしくて切ないのだと、情欲に目を潤《うる》ませたまま男を見上げ、哀願する。鷲頭のペニスが中でぐっと質量を増した気がした。

「隼人」

苦しそうに名前を呟き、男の大きな手が待ち望んでいた場所を愛撫する。隼人を追い上げるように擦り上げながら、打ち付ける速度も早まった。

「あ、ああっ、あっ……」

快楽に支配されて頭が真っ白になる。この瞬間は何も考えられない、いや、何も考えなくて良いのだ。

浴室の冷たいタイルの壁に火照った体を預けながら、絶頂を迎える。同時に鷲頭が、身体の奥へと熱い欲望を放った。

互いに荒く息をつき、しばらくは無言のままじっとしていた。今度こそ身体を洗い清めてバスルームから出たのは、かなり時間が経ってからだ。

食欲がないという隼人に、鷲頭も強くは食事を勧めず、また彼自身も食欲がないのか、二人で早々にベッドに入った。軽い運動をしたお陰で眠気はすぐにやってくる。すとんと眠りに落ちて、しかしまた、夢にうなされて隼人は目を覚ました。

「……っ」

夢の中で何かを叫んで、びくりと身体が痙攣する。その動きで覚醒した。汗ばんだ身体が気持ち悪い。

隣を見れば、鷲頭が寝息を立てて眠っていた。

珍しい、と思った。鷲頭は眠りが浅いのか、隼人がうなされていると必ず先に目を覚まして、夢から救い出してくれる。それは隼人がここに連れて来られた頃から同じで、隼人が起きるとその気配で目を開いた。

だが今日は、隼人が起き上がってもまだ深い寝息を立てている。疲れているのかもしれない。

仕事で神経を張りつめさせ、家に帰れば精神的に不安定な隼人がいる。

負担をかけて申し訳ないと思うと同時に、鷲頭がそこまで自分のために動いてくれることが嬉しかった。

だが、いつまでこうしていられるのだろう。考えると、不安が込み上げて来る。

このままではいけない。早く元に戻らなくては。そう思う一方で、もう少しだけ今のままでいたいとも思う。あと少しだけ。鷲頭の傍で彼に愛されている夢を見たい。

隼人はそっと身を屈《かが》め、隣の男に口づける。深く口づけても、男が起きる気配はなかった。


その後、鷲頭はたびたび疲れた顔を覗かせるようになった。

たまに顔を出す木場も何も言わなかったが、どうやら六和会の本部で何かがあるらしく、多忙を極めているようだ。

毎日、寝る間もないほど動き回って、それでも家に帰って来る。もうそんな暇もないのか、この頃は愛人のところへ行く気配もない。調子はどうだ、と尋ねる男の目の下にくっきりと隈ができているのを見て途方に暮れた。

隼人の様子を見るためだけに、わざわざ寸暇《すんか》を惜しんで家に帰って来るのだと気づいたら、申し訳なくて泣きたくなった。

その日もセットしていた目覚まし時計のアラームが鳴って、隼人は鷲頭よりも早く目を覚ました。

「譲介さん、時間。大丈夫なのか？」

前日、鷲頭は疲れた顔で帰って来るなり、シャワーも浴びずにベッドにもぐり込んでしまった。かなり酒の匂いがしたから、どこかで飲んできたのだろう。辛うじて、翌日の予定を告げるとそのまま寝入ってしまった。

何度か揺さぶったが、低く唸るものの起き上がってこない。酒を飲んだにしても、ここまで寝起きが悪いのは珍しかった。いよいよ疲労もピークなのだと思うと、寝かしておいてあげたい気もする。だがそうはいかないだろう。そうしているうちに、インターホンが鳴った。迎えが来たのだ。

「譲介さん、ほら。迎えが来たぜ。とっとと起きて、シャワー浴びてくれよ」

言うとようやく、のっそりと起き上がる。いつもはゆっくりと広い方のバスルームへ行くのだが、今日は面倒なのか、主寝室のシャワールームに入って行く。

それを見送って、隼人は慌ててインターホンに応答した。その日は珍しく、駒ケ根が迎えに来ていた。玄関のドアを開くと、相変わらずホストのような風体の男が軽い調子で「よう」と手を上げる。

「鷲頭さん、起きてる？」

「今、シャワーを浴びてます」

まだ少し時間がかかりそうだからと、駒ケ根を中に通す。彼とまともに顔を合わせるのは久しぶりだった。最後に会ったのは、隼人が拉致現場から救い出された時だ。

「すみません、起こすのが遅れて」

時計を気にする駒ケ根に、隼人は謝った。自分は暇なのだから、鷲頭を時間通りに起こすくらい、きちんとしなければいけないのに。

だが駒ケ根は、そんな隼人の顔をわずかの間、真顔で見つめると、鷹揚に笑った。

「いいさ。昨日はかなり飲んだって言うから、起きないいんじゃないかと思って早めに来たんだ。それより、お前の調子はどうなんだ。痩せたみたいだけど、ちゃんと食ってる？」

「ええまあ」

痩せたという感覚はなかった。そういえば、このところ自分の姿を鏡で見たことがなかった気がする。あの日以来ずっと食欲はないが、それでも倒れたりして鷲頭に面倒をかけたくないから、なるべく食べ物を口に入れるようにしていた。

「動いてないから、筋肉が落ちたかも。家でも筋トレとかすればいいんですけど」

自分でもよくないとわかっているのに、身体を動かす気になれない。

「無理すんな。……なーんて。ホントはさ、『いつまでゴロゴロしてんだ、早く組に顔出せ』って、どやしに来たんだけど。こういうのは、すぐに良くなるもんじゃないからな」

こういうのは、というのが何を指しているのかわからず、「もう、身体は何ともないんですよ」と言い訳のような言葉を口にする。

「うん。でもまだしんどいだろ。気にすんな。今のうちに休んどけ。どうせ組に戻ったら、休みもろくにないんだから」

マジであの組は人使い荒いよ、と冗談めかして自分の肩をトントン叩いて見せる駒ケ根に、隼人の顔もふっと和む。だから、ずっと気になっていたことを口にすることができた。

「俺、組に戻れますかね」

自分にはまだ、居場所があるだろうか。

「お前がその気ならな。組の連中には、お前が拉致られて私刑を受けたってとこまでは話してある。みんな心配してるぞ。見舞いにも来たがってたんだがな。まだ人に会わせられないって断った」

安堵と共に、申し訳ないような、有難いような、熱いものが込み上げて来る。

「だから、戻る気になったら戻って来い」

「……すんません。ありがとうございます」

目頭が熱くなるのを、そっと振り払って頭を下げた。駒ケ根は目を細めて笑う。

「木場さんも何だかんだ言って、お前を買ってるからな。こっちにも、オカンみたいに様子を見に来るだろ。隼人を心配してんだよ。それに鷲頭さんが六和会で昇進したら、今よりもっと本部の仕事が増える。人手が欲しい時なんだ」

「昇進って。譲……鷲頭さん、昇進するんですか」

初耳だった。だからあんなに忙しそうにしていたのか。隼人が驚くと、駒ケ根は「聞いていなかったのか？」と一瞬、気まずそうな顔をした。

「こないだ、市東さんって六和会の幹部が亡くなっただろう。ジイさんの役職に他の幹部が付いて、繰り上がりでポストが空いたんだ」

空いた役職に誰が付くか、当初は三井の派閥と、それに対抗する猪井の派閥とで意見が分かれていた。しかしある時、猪井一派が退く形で鷲頭の昇進が決定した。

隼人が、水谷の依頼で男たちに拉致された直後のことだ。その時は既に破門されていたとはいえ、水谷は元々、猪井が無理やり押し付ける形で鷲頭に預けていた舎弟だった。

それが鷲頭の女に手を出したばかりか、八祥組の組員である隼人にまで危害を加えた。

鷲頭の報告を受けた三井は、下手をすれば抗争の火種になりかねないと判断して、猪井に厳重な注意をした上で、鷲頭の昇進を承諾させたのだった。

「お前があんな目に遭ったのに、それを政治的に利用しちまったからな。鷲頭さんも言い難かったんだろう」

駒ケ根がフォローするように言ったが、隼人は利用されても構わなかった。むしろ、自分が受けたあの暴力にも意味があったのだと思いきることができる。

「駒ケ根、待たせたな」

その時、寝室のドアがやや乱暴に開き、スーツ姿の鷲頭が現れた。こちらの会話が聞こえていたのかもしれない。部屋に入って来た鷲頭は、駒ケ根をじろっと不機嫌に睨みつける。

「じゃあ行ってくる。今夜も遅くなるから、先に寝てろ」

隼人に向き直ると、当然のように腰を引き寄せた。出かける前にキスをしていくのはいつものことだが、今は駒ケ根がいる。慌てて男を押し止めたが、強引に唇を奪われた。

「んっ、む……」

目の端で、黙って肩を竦める駒ケ根が見える。すぐに唇を離されたが、恥ずかしくて俯くしかなかった。それでもどうにか、行ってらっしゃいと言って二人を見送る。

玄関のドアが閉まって一人になると、どっと疲れが出た。

よろよろとリビングに戻ってソファに腰を下ろすと、そこからもう、立ち上がりたくなくなった。シーツを洗って、洗濯も掃除もしなければならないのに。

「何か主婦っぽいな」

呟いてから、自嘲した。実際は、主婦のように働いてはいない。せめて鷲頭の身の回りのことだけでもきちんとこなせれば、この焦燥《しょうそう》も軽くなるかもしれないのに。

ソファに沈み込んでしまう自分を叱責《しっせき》しながら、立ち上がる。その時ふと、ソファテーブルに腕時計が置かれているのが目に入った。

鷲頭の時計だ。昨日、帰って来た時に外して、そのまま忘れて行ったのだろう。なくても困りはしないだろうが、彼がいつも身に付けているものだ。今ならまだ、追いかければ間に合うかもしれない。せめてこれくらいはしたい。

そう思い、腕時計とカードキーを掴み、玄関を出た。

廊下に出るのすら数日ぶりだったが、戸数が少ないため、ほとんど人は通らない。エレベーターで地下まで降り、エレベーターホールから駐車場へ顔を出しかけた時だった。

「どうしてここに来た？」

ぞっとするほど冷たい鷲頭の声が響いた。隼人は思わず身を固くする。だがそれは、隼人に向けられた声ではなかった。

駐車場のコンクリートの壁に、隼人の良く知る男の声がこだました。

「仕方ないだろ。他に、お前と話す方法がないんだから」

涼やかな、少し高めの声。

(遊……？)

それは隼人のかつての恋人であり、鷲頭の友人の声だった。どうして、と隼人も心の中で鷲頭と同じ言葉を呟く。

遊の姿をこのマンションで見たのは、隼人が偶然、鷲頭と彼の交わりを目にしたあの日だけだった。その直後に隼人が拉致される事件があったから、来たくても来られなかったのかもしれない。

遊の声は隼人の知るそれよりも、わずかに苛立ち、尖っていた。

「メール一つ寄越したきりで、携帯には出ない。うちにも店にも来ない。事務所に電話するわけにはいかないし、だったら直接会いに行くしかないじゃないか。それなのにいざ来てみたら、顔見知りのはずのコンシェルジュが僕を不審者扱いして門前払いだ」

「以前、セキュリティの不備があった。駒ケ根と木場以外は通さないように言ってある」

「僕はもう、部外者ってこと？」

「最初からそうだったろう。お前はここの住人じゃない。呼んでもいないのに、いきなり来られたら迷惑だ」

段々と感情的になる遊とは反対に、鷲頭の声は押し殺したように低く静かだ。その冷静さが、しかし遊の怒りを更に誘発したようだった。

「僕を……僕を、そこらの愛人と同じに扱わないでくれっ」

遊が激昂《げきこう》するのを、初めて聞いた。どこか切羽《せっぱ》詰まった響きに、陰で聞いていた隼人は驚く。

一方的に好きだったのは鷲頭の方だったはずだ。遊はずっと鷲頭の気持ちを拒んでいたと聞いたが、今の様子はまるで、遊が鷲頭に片思いをしているようだった。

「僕を抱いてくれないのは、隼人のせい？」

自分の名前が上がり、隼人は息を詰めた。

「猪井組絡みで私刑を受けたって聞いた。ずっと、この忙しい時期にお前が一人で面倒見てるのも知ってるよ。あの子を組に入れた負い目を感じてるの？　それともあの子が気に入った？　僕を切り捨てるくらい、隼人が大切なの？」

「切り捨ててない。お前はこれからも友人だ。だがもう、友人を抱くことはできない。愛人たちとも切れた。今回のことで、俺なりにけじめをつけたいんだ。そう言っても、お前は簡単に頭を切り替えられないだろう。だからしばらく会わないと言った」

鷲頭の声に、遊の押し殺した嗚咽がかぶさる。隼人はそれ以上聞いていることができず、そっとその場を離れた。

頭が混乱していた。鷲頭はもう、遊を抱かないという。愛人たちとも切れたと。今回のこと、というのは隼人が拉致された件に違いない。

(俺のせいで……)

鷲頭は自分自身の責任を感じている。男たちに捕まったのは隼人自身のふがいなさが原因なのに、鷲頭はもしかすると、かつて母親を亡くした状況と今回の出来事をダブらせているのかもしれない。

責任と負い目を感じる鷲頭は、何も言わずに隼人の面倒を見てくれるばかりか、愛人たちとも別れ、更には誰よりも大切な存在だった遊をも遠ざけようとしている。

「もう、いいよな……」

傷ついた隼人に、鷲頭は十分なことをしてくれた。これ以上、自分のせいで負担をかけることはしたくない。

立ち直らなくては。もういい加減に、現実と向き合わなければならない。

腕時計を手にしたまま、再びエレベーターを上がり、部屋に戻った。空調の効いた室内は暖かいが、空気がこもっていた。

窓を開け放ち、空気を入れ替える。それから、スウェット姿のまま顔も洗っていないことを思い出し、バスルームへ向かった。

服を脱ぎながら、ふと鏡の存在に気づく。長らく自分の姿を見ていなかった。現実を見るのが怖くて、鏡の前ではずっと目を逸らしていた。

思いきって顔を上げる。目の前に、痩せた青白い顔の男がいた。

服を脱いで自分の身体を見ると、腕も足も、以前より一回りほど細くなっていた。しなやかな筋肉は削げたように薄くなり、肌の張りも失われている。

「っ……はは」

こんな男を、鷲頭は抱いていたのだ。痩せこけた病人のような自分を、ただ慰めるためだけに。

鷲頭を愛している。最初は酷い男だと思ったが、彼は己の懐に入れた人間には情に厚く優しい。できるならずっと、ここで彼に抱かれていたかった。

しかしだからこそ、このままではいけないのだ。鷲頭の優しさに依存し続ければ、いつか隼人を背負う重みに耐えきれず、鷲頭も崩れてしまうかもしれない。彼とて人間なのだから。

シャワーを浴びて、ひげを綺麗にあたり、伸びかけた髪を梳《す》いた。食欲はなかったが、それでも冷蔵庫にあるフルーツを胃に収める。

掃除や洗濯をした後、買い物をするために外にも出た。それだけで、めまいがするほどの疲労感に襲われたが、崩れるわけにはいかなかった。

鷲頭は深夜、日付が変わる頃に帰ってきた。

「今日は少し顔色がいいな」

自分こそが青白い顔をしながら、迎えに出た隼人にそんなことを言う。連日の忙しさに疲れているのだろう。すぐにでも眠りたいはずだが、隼人は敢えて目をつぶり、最後の我がままを通すことにした。

「……ごめんな」

鷲頭がシャワーを浴びてベッドに入って来ると、その裸体に伸《の》し掛かった。

「どうした」

「今日は、俺にさせてくれないか」

言って、萎えた一物をやんわりと撫でる。鷲頭が興味深そうにこちらを見上げて笑った。

「俺を掘る気じゃねえだろうな」

鷲頭の軽口に、隼人もふっといたずらっぽい笑みを浮かべた。

「掘っていいのか？」

「馬鹿。まっぴらだ」

隼人は笑いながら身体をずらすと、鷲頭の足の間に顔を埋めた。

先端を口に含み、舌と吸引で刺激を与えながら竿を手で扱き上げる。欲望が首を擡《もた》げ始めると、今度は陰嚢を柔らかくしゃぶった。先ほどの軽口を思い出して、ふと会陰に舌を伸ばす。鷲頭はくぐもった笑い声を立て、隼人の髪を撫でた。

男の肉茎を、先端から蜜が零れ落ちるほど育て上げてから、隼人は男の身体を跨《また》いだ。

「今日はやけに積極的だな」

違和感を感じたのだろうか。肌触りを確かめるように隼人の臀部を撫で上げながら、男が見上げてくる。何でもないと、隼人は微笑んだ。

「そういう気分なんだよ」

最後に、鷲頭の身体を覚えておきたかった。

軽いキスを一つして、隼人は自ら腰を落とす。あらかじめ準備をしておいた後孔は、柔らかく開いて太い肉棒を受け入れた。

根元まで竿を収めると、鷲頭は気持ちよさそうに息を吐いて、目を閉じる。

「……ああ、いいな」

欲望を感じるだけではなく、ゆったりと力を抜いてくれるのが嬉しい。こんなにも穏やかで優しい接合を鷲頭と味わえるとは、出会った時は夢にも思わなかった。

愛しいというのはこういう気持ちなのだと、隼人はようやく知った気がする。彼と出会わなければ、知ることはできなかった。

男の身体の上で腰を揺らすと、下から伸びてきた指が隼人の胸の尖りを摘まむ。甘い刺激に促され、隼人は更に腰を振った。

「あ、あぁ……」

痺れるような快感が全身を駆け巡る。動く度に張り切ったペニスが震え、鷲頭の腹の上に透明な蜜が飛散する。鷲頭は笑いながらペニスを扱き、隼人は空いた胸を自ら弄った。

淫《みだ》らに動く隼人の姿を、鷲頭は少し苦しげに顔をしかめ、見上げる。

「譲、介さん」

意味もなく切なくなって、名前を呼ぶ。その声に、男は極まったように隼人の尻を摑んだ。腰を浮かせ、下から激しく突き上げる。

「あ、いぃっ……ああ……」

男の動きに合わせながら腰を振り、込み上げる絶頂に身を震わせた。隼人が勢いよく精を噴き上げると、男はひときわ強く腰を突き上げ、隼人の中に吐精した。

隼人が大きく息をついて身体を弛緩《しかん》させると、鷲頭がそれを抱き留める。二人はしばらくの間、無言のキスを重ねた。

キスが抱擁に変わり、隼人は労《いた》わるように相手の背中を撫でる。鷲頭は間もなく静かな寝息を立てて眠りについた。

夜の薄闇の中、隼人はその寝顔をずっと眺めていた。

やがて朝になり、そっとベッドから滑り出たが、鷲頭はやはり目を覚まさなかった。

シャワーを浴びて、身体の中に残っていた男の残滓を洗い流す。本当は痕跡《こんせき》を消したくなかったが、仕方がない。鏡の中の自分は相変わらずやつれているものの、昨日までの死人のような顔色はましになっていた。

クローゼットにしまい込まれたままだったスーツに袖を通し、ネクタイまできっちりと締めて、鷲頭が起き出してくる頃には既に、身支度を整えていた。

「隼人？」

リビングに現れた鷲頭は、隼人の姿を見て怪訝そうな顔をした。

「おはようございます」

部下の口調で頭を下げる。隼人の真意を見極めようと目を眇める男を、真っ直ぐに見返した。

「今までお世話になりました」

「……どういうことだ？」

どこか、呆然としたように男は隼人を見た。

「組に戻りたい。もちろん、あなたが許してくれたらの話ですが」

このまま、鷲頭の元を離れようかとも思った。堅気になって、一からやり直すことを考えたが、いつまでも鷲頭のことを忘れられない気がした。

彼のことが忘れられないなら、辛くとも傍にいたい。恋人や愛人になれなくとも、部下として役に立ちたかった。

「ちゃんと、立ち直りたいんだ。あのことは、まだすぐには忘れられない。でも、負けたままでいたくない。ここを出て、組に戻って一からやり直したい。便所掃除でも何でもやります。中途半端な立場じゃなくて、女でもなくて、あなたの部下にして欲しい」

隼人は深く頭を下げた。

「お願いします。俺に八祥組の盃、受けさせて下さい」

長い沈黙があった。その間も、隼人は頭を下げ続けた。だから鷲頭が何を考え、どんな表情をしていたのかはわからない。

「……いいだろう」

沈黙の後、深いため息をつきながら鷲頭が言った。隼人は顔を上げる。

男は薄い微笑を浮かべていた。その目にはもう、隼人を抱いていた時の甘さはない。二度と身体を合わせることは叶《かな》わないのだと思うと、胸の奥にあった恋情がわずかに軋む。だがそれは、隼人の決意を揺らがすほどのものではなかった。

「ありがとう……ございました」

許されたことにほっとして、不意に涙が滲む。

「泣くな、馬鹿。それに過去形じゃねえだろ」

「泣いてません。お世話に、なります」

声を震わせる隼人に鷲頭は苦笑をしながら、くしゃりと頭を撫でる。その手は温かく、男の身体の温もりを思い出させた。じわりと込み上げる涙を、しかし隼人は意を決して振り払う。

鷲頭への気持ちはなくならない。忘れたり、気持ちが減ってしまうこともない。だがきっと時間が経つうちにいつか、穏やかなものに変わっていくだろう。柔らかな冬の朝日を鷲頭の背後に見ながら、漠然《ばくぜん》と思う。

長い眠りから今、ようやく目が覚めた気がした。

約二か月ぶりに八祥組の事務所へ顔を出した隼人を、組の連中は思いのほか歓迎してくれた。中でも金城はその姿を見るなり、半泣きになりながらひしと抱きしめてきて、隼人の困惑と周囲の笑いを誘った。

「元気になって良かったなあ。俺、もうお前に会えないのかと思ってよお」

厳つい顔をクシャクシャにして言う金城に、彼らにもずいぶんと心配をかけていたのだと思う。

木場が最初に言っていた通り、一部を除いて、今回の一件は八祥組の組員たちにも詳しく伝えられていなかったらしい。

ただ、隼人が六和会の抗争に巻き込まれ、先走った水谷に拉致されたこと、何がしかの暴行を受けて鷲頭の世話になっていたことは知られていた。しかし救出された後も、隼人の詳しい容態は知らされず、一向に復帰する気配もない。鷲頭は日に日に疲労の色を濃くして行くし、舎弟たちもじりじりしていたはずだ。

今も何があったのか聞きたいだろうが、誰も深く尋ねては来ない。といって、腫れ物に触るような居心地の悪さはなかった。

そんな彼らの労りに触れる度に隼人は、暴力団というアウトローの集団ながら、時に不思議なくらいの優しさを見せる八祥組の連中に、改めて愛着を感じるのだった。

鷲頭の部屋を出ると告げた隼人に、木場はすぐ、金城と同じマンションの一室を用意してくれた。１Ｋのその部屋は、鷲頭の瀟洒なマンションとは比べるべくもないが、まだ新しく日当たりも良い。

そういえば、自分だけの住まいを持つのはこれが初めてだった。セックスの対価に宿を得ていたのは遠い昔のようだ。

家具や家電は周りに頼んで、中古品をタダ同然で払い下げてもらった。どこからか噂を聞きつけたのか、皐月ママが「足りない物はない？」と連絡をくれて、冷蔵庫を探していると言うと、その三日後に真新しい冷蔵庫が送られてきた。

梱包はされていなかったが新品にしか見えない。引っ越し祝いだと思い、礼を言って有難く使わせてもらうことにした。

仕事は一からやり直したいと言った通り、まだ雑用を任されることの方が多い。木場の采配か、鷲頭に付けられることはなかった。盃を受けるのもまだ先の話だという。

そのことに不満はない。地道にやっていればそのうち、盃をもらえると信じていた。

全てが順調なわけではないが、少しずつ、物事が前に進んでいる気がする。まだ精神安定剤を手放すことができず、夜は相変わらず悪夢に悩まされていた。

夢にうなされた後は一層、鷲頭に抱かれた温もりを思い出して切なくなる。暴行の記憶以上に、鷲頭への気持ちは薄まることがなかった。

そんな時はふと、他の人間で寂しさを埋めたいと思うことがあった。

そうしなかったのは、鷲頭以外の男で身体を埋めた後に残る、より一層の虚しさを恐れたからだ。空虚さが更なる飢えを生む。抑えられないほどに膨《ふく》らめばいつか、薬物で紛らわそうとするかもしれない。逃げてはいけないと、自分に言い聞かせた。

そうこうしているうちに年が明けて、鷲頭は六和会の最高幹部に昇進した。

待遇は若頭補佐。六和会の組織構成では、鷲頭を含め、四人の補佐が若頭の下につく。

若頭は本来、組織のナンバー2ではあるが、現在の若頭は三井よりもずっと年配の男で、三井に何かあった場合の控えだった。やがて三井が引退する前に自ら退くだろうと言われている。

慣例からすれば、四人の若頭補佐のうち、誰か一人が若頭を経て会長に就任することになる。猪井組の組長、猪井もその一人であり、鷲頭は彼と同じ跡目候補のスタートラインに立ったのだった。

八祥組の仕事は以前と変わりがないが、鷲頭は一段と貫禄が増した気がする。同時に、隼人の手の届かない遠い存在になってしまったように感じられた。今はもう、気安く彼の身体に触れることすらできない。

鷲頭の昇進に関わる忙しさが一段落した頃、隼人は偶然、街中で遊と出会った。

珍しく休みをもらった日の昼間、自宅から食事をしにふらりと出かけ、駅へ続く交差点で信号待ちをしていた時だった。

「隼人？」

背後から呼び止められ、振り返った先に思わぬ人物を見て驚く。

「久しぶりだね。今日は休み？」

遊は以前と変わらず薄い微笑を浮かべて、屈託《くったく》がなかった。地下駐車場で鷲頭に詰め寄っていた時のことが嘘のようだ。

遊はダークスーツにコートを羽織っていた。ノーネクタイだが、いつもはもっとラフな格好だから、こんな改まった身なりの彼を初めて見る。手には小さな旅行鞄を提げていた。

「あ、ああ。暮れも正月も休みなしだったから。やっと」

「元気そうだね。良かった」

心からほっとしたように言う。彼なりに、隼人を心配してくれていたのかもしれない。

隼人は過去の関係を思い返して笑った。

「そもそも俺、あんたが鷲頭さんにチクッたせいで、あの人んとこに連れて行かれたんだよな」

元は、隼人がやった犯罪まがいの小遣い稼ぎが原因だったが、それは敢えて棚《たな》上げして唇を尖らせる。

本気で遊を恨んでいるのではなかった。むしろ今は感謝している。相手にもそれはわかっているのか、笑いながら「ごめんね」と謝ってきた。

「僕もずっと、隼人のことは気になってたんだよ。まさか、譲介が君に手を出すとは思わなかったし。おまけにこれだけ長く手元に置くなんてね」

それにはどう返したらいいのかわからない。彼は隼人の現状をどこまで知っているのだろう。言葉を濁してその場を立ち去ろうとすると、

「これからお昼？　僕も一緒に食べていいかな」

遊がそんなことを言い出した。

「いいけど。あんた、これからどこか出かけるんじゃないのか？」

遊が現れた方向から考えると、駅に向かっているはずだ。旅行鞄を持っているから、遠出をするのではないだろうか。

「うん。でも急がないから」

隼人の指摘に、遊は何故か寂しげに微笑んだ。しかしまた、すぐにいつものアルカイックスマイルを浮かべて隼人の袖を引く。

「行こう。美味しいパスタのお店があるんだ。僕が奢ってあげる」

適当に牛丼でも掻き込もうと思っていたのだが、遊の強引さには苦笑してついて行くしかない。そういえばこの男は、奥ゆかしそうに振舞っていて実は強引だったな、と付き合

っていた頃のことを思い出した。

遊に引っ張られて行ったイタリアンの店は、ランチの時間を過ぎていることもあって空いていた。常連なのか、遊が現れると店員が親しげに会釈をして、一番奥の落ち着いた席に案内してくれる。おすすめだと言うペンネのパスタを選ばされて、休みなんだからと強引にワインにも付き合わされた。

「今は一人暮らしなんだって？」

デカンタで頼んだ赤ワインを水のように飲みながら、おもむろに遊が言った。

「譲介の盃を受けるって聞いた」

「まだもらえてない。ちゃんと見習いがやる雑用から始めて、認められたら下ろしてもらえることになってる」

「本気なんだね」

複雑そうな顔をする遊に、隼人は軽く肩を竦めた。

「まあ、世間から言えば褒められた道じゃないだろうな。でも色々あって、俺の居場所はあそこなんだなって思ったんだ。鷲頭さんのことも、今は……尊敬してる」

恋情だけではない。彼のようになりたいわけでもないけれど、同じ男としての憧憬を今は素直に感じていた。

自分の気持ちを告げる隼人に、遊は一瞬、苦い表情を浮かべる。

「隼人がこんなに素直で可愛くなっちゃうなんて、想像もしなかったな」

ほんの半年前までは、尖がった青臭いガキだったのに……言葉を選ばない遊に、怒るよりも笑ってしまった。そういえばまだ半年だ。なのに色々なことがあった。

「素直かどうかわかんねえけど、確かに前よりは自分と向き合えるようになったかな」

みっともない自分のことも、以前よりは認められる気がする。てらいなく言う隼人に、遊は綺麗な眉をひそめた。

「しれっとしちゃって。前言撤回《ぜんげんてっかい》。やっぱり可愛くない」

つんと顎を反《そ》らせて不貞腐れる彼は、相変わらず三十路の男とは思えないほど美しい。

鷲頭が愛した男だと思うとまだ胸は痛むが、彼を恨む気にはなれなかった。穏やかに見つめる隼人の視線に気づいたのか、遊もふっと表情を和ませる。

「本気で、譲介に惚れちゃったんだ？」

「速攻で振られたけどな」

「ふうん」

そうなんだ、と遊は余所事《よそごと》のように呟く。

「あんただって、惚れてんだろ」

遊は、何のことだかわからない、という顔をした。だが、駐車場での会話を聞いてしまったことを打ち明けると、諦めたように目を伏せた。

「嫌な子だね」

「悪かった。けど、あの人だって、ずっとあんたに惚れてたんだ。縒《よ》りを戻すことはないのかよ」

今まで気になっていたことだ。それに鷲頭には誰か、プライベートで息をつける相手が必要な気がする。

八祥組に戻り、鷲頭を改めて親と仰ぐようになってから気づいた。鷲頭は孤独だ。部下に慕われ、周囲から一目も二目も置かれているが、誰にも弱みを見せることはない。木場や駒ケ根には砕《くだ》けた様子を見せるが、妻や恋人とは違う。

これから先、鷲頭が六和会の中で勢力を増すほどに、孤独は深く大きくなるだろう。その穴は、部下では癒《いや》すことはできない。

恋敵に塩を送りたくはないが、鷲頭を支えてもらえるなら、遊に傍にいて欲しいと思った。鷲頭が今まで本気で愛した相手は、彼以外にいないのだ。

だがそんな隼人の言葉に遊は、軽く肩を竦める。

「僕が、今さら？　それに譲介が僕を好きだったのは、もうずっと昔の話だよ。十代と二十代の初めの頃まで。その後は、僕が巻き込まれて拉致されかけたっていう負い目と、母親が死んだ時のわけのわからない恩義を感じてただけ。僕はそれに付け込んで、譲介を利用してたんだよ。身体のことも、それから金銭的にもね」

そこで遊は、鷲頭から金銭的な援助を受けていた事実を打ち明けてくれた。

遊が持っている繁華街の雑居ビルは、元は鷲頭の会社の持ち物だった。遊は確かに親から生前贈与を受けていたが、何億もするビルを買い取れるほどの金額ではなかった。

「生前の遺産分けをして親から独立する時、譲介に相談したんだよ。そしたら破格の値段であそこを売ってくれた」

鷲頭の会社からの贈与だと税務署から見なされないよう、上手く手続きをしてもらい、その後も自宅のマンションを買う時、店を開く時など、事ある毎に鷲頭に『相談』した。

それら全て、鷲頭が便宜を図《はか》ってくれることを期待してだった。

「わりと最低でしょ? あいつが好きだって言って良くしてくれるから、いつの間にか図に乗ってたんだね。あいつ絡みでは確かに怖い思いもしたし、だからこそ利益を享受《きょうじゅ》して当然だと思ってた。あと、試す気持ちもあったな」

相手の好きだという気持ちの上に胡坐をかき、驕慢《きょうまん》になっていく遊に、鷲頭の心が段々と離れていくのがわかっていた。それでも鷲頭の態度は以前と変わらず、遊に優しく、困ったと言えば何かと相談に乗ってくれ、実際に助けてもくれた。

義理と負い目だけで鷲頭がどこまでしてくれるのか、いつ彼が「もう離れたい」というのか、ずっと試していたのだという。

どこか苦しげに自嘲する遊に、酷いと思うより疑問が芽生えた。

「鷲頭さんは、十代の頃からあんたに惚れてたって言ってた。多分、あんたも同じだったはずだ。どうしてその時、あの人の気持ちに応えなかったんだ？」

身体の関係を持ち、明らかに心の交流もある二人。特に遊が、頑なに『友人』と言い張る理由は何か。

鷲頭はそのことについて、語ろうとはしなかった。遊にもはぐらかされるかもしれないと思ったが、彼はどこか諦めたように口を開いた。

「十代の頃は、彼の純粋な気持ちが怖かった。譲介はまるで、僕のことをお姫様か深層の令嬢みたいに思ってたから」

綺麗で犯しがたい、高嶺《たかね》の花を見るようだった。遊に惚れたと言い、女とも男ともとっくに経験済みだった遊び人が、遊にだけは無理に手を出そうとしなかった。

「だから、怖くて言い出せなかったんだ。僕はあいつが思ってるような、綺麗な存在じゃないって。あの頃、あいつは僕が誰の身体も知らないと思ってたみたいなんだけど、僕はとっくの昔に男を知ってた」

ただの早熟というわけではなさそうな暗い笑いに、隼人は思わず眉をひそめる。次の言葉を待ったが、出てきたのは一見、関係のなさそうな話だった。

「僕の父親が、政治家だって知ってる？」

戸惑いながら頷く。木場が以前、そんなことを言っていた。愛人の息子だと。

「そう。結構、力のある政治家でね。愛人も何人か囲ってた。女を持つのも仕事のうち、みたいなね。実際、その女を使ってコネを作ることもしていた。そういうところはヤクザと同じだな。あいつがヤクザより最低なのは、女だけじゃなく、年端もいかない自分の息子も、平気で利用するってところだ」

その意味をうっすらと理解して、隼人は目を見開く。隼人が理解したことを、遊も察したようだ。

「最初に利用されたのは、まだ中学に上がる前だったな。相手は隼人もきっと、名前を知ってるような大物政治家だよ。次の選挙のために、僕はその爺《じじい》のところに贈られた」

相手はその大物政治家だけではなかった。その後も度々、様々な相手に遊の身体は『提供』された。美しく瑞々しい遊の容姿は、そうした嗜好がない者にも有効だっただろう。

「あんたの母親は？」

尋ねたが、何となく答えはわかっていた。隼人の母親と同じだ。自分の身を守るためなら、息子を差し出すことも厭わないという親が、この世にはいくらもいる。

「彼女は僕を嫌ってたね。父の中では母より、僕の方が利用価値が高いと見なされていたから」

女として、遊に嫉妬していたのだ。

「女性とはセックスしたことないし、したいと思ったこともない。それが元々の嗜好だったのかどうかもわからない。自慰を覚えるよりも前に、男たちに快楽を教え込まされたから。だから誰かとまともに付き合うのが怖かった。特に譲介とは」

　鷲頭のことを憎からず思っていたから。だからこそ、鷲頭の気持ちを拒み続けた。何とも思っていなければ、そこまで頑なになることはなかっただろう。

「でも京子《きょうこ》さん……譲介のお母さんが亡くなった時、初めて身体を繋げた」

　打ちひしがれている鷲頭が放っておけなくて、慰めるように肌を合わせた。無垢《むく》だと思っていた遊が快楽に慣れていることを知り、鷲頭は驚いていた。

「だから自分のことを打ち明けた。あいつは逆に僕を慰めてくれたよ。綺麗じゃなくてごめん、て謝ったら、そんなの関係ないって」

　どこか誇らしげに、遊は美しく微笑む。隼人に対して優越を感じているように見えたのは、こちらの僻みだろうか。しかし彼は、すぐにその微笑を曇らせた。

「でも譲介のことが信じ切れなかった。どこかで、幻滅してるんじゃないかって疑ってた。怖くて、付き合ってくれっていう譲介の言葉に頷けずにいたんだ。そうしているうちに、僕は六和会のいざこざに巻き込まれて拉致されかけた」

　その当時を思い出しているのだろう、ぶるりと身体を震わせる。

　十年以上も前の話だが、情けないとは思わなかった。不意を突かれて凶事に巻き込まれた時の恐怖は、実際にそれを味わったものでなければわからない。

「怖かった。怪我をしたわけじゃないし、連れて行かれる前に助け出されたけど、それでも怖かった。譲介のバックグラウンドを初めて実感したよ。それまでは、京子さんのことだって聞かされていたのに、本当にはわかっていなかったんだ」

暴力団と関わりを持つことの意味を。普段は何ということはない。極道者の愛人であった京子や、その息子の鷲頭は優しく思いやりのある親子だった。彼らのガードに付いて、遊の前に時折姿を現す六和会の構成員たちでさえ、暴力団とは思えない、気の良さそうな人たちばかりだった。

だがそれは、表の顔に過ぎない。凶事に巻き込まれて初めて、遊は彼らの裏の顔を見た。

「それで、怖気《おじけ》づいてしまったんだ。あいつの『女』になったら、この先も怖い目に遭う。あの時はたまたま助かったけど、次は助からないかもしれない。京子さんと同じように殺されるかもしれないって」

だから付き合えない。はっきりとは言わなかったが、友達でいたいと言った遊の内心を、鷲頭は正しく読み取ったのだろう。

それから鷲頭は、以前より遊と距離を置くようになった。『友人』として、遊の我がままを聞いてやりながら。

「自分から振っておきながら、僕は譲介を諦めきれなかった。彼のことが好きで、でも怖くて。『友達』っていうのは、そういう欺瞞から生まれた関係だったんだ」

遊のことを卑怯《ひきょう》だと断罪することはできなかった。恐怖も愛情も、理屈で制御することはできない。

そして隼人は以前、鷲頭が誰にも本気にならないと言っていたことを思い出した。

（こっちの世界に入ってからは、余計に色恋に損得が関わるようになったし。相手がどこまで本気なのか量ったり、気持ちを選り分けたりするのが面倒になった）

あの話には、遊のことも入っていたのかもしれない。

鷲頭のことが諦めきれず、しかし暴力への恐怖からもう一歩を踏み出せなかった遊は、その内面の矛盾に苦しみ、鷲頭を試すように利用し続けた。彼自身も、どこまでが恋愛感情なのか、最後にはわからなくなっていたのかもしれない。

「もうやり直せないのか」

「言っただろう？　こっちがその気でも、向こうに気持ちがない。もう抱けないって言われたんだ。そういう隼人こそどうなのさ」

「俺は最初から玉砕してるからな。気持ちには応えられないって言われた」

「そう。もしかしたらって、思ったんだけどね。自分の家に他人を入れたのは、僕以外では君が初めてだったから」

だがそれは、隼人が鷲頭に対して何の感情も抱いていなかったからだ。そう言うと、遊は「上手くいかないね」と、呟いた。

それから、二人の会話は他愛もない話題に移った。パスタの他に頼んだ料理はどれもゆったりと供《きょう》されて、食後のコーヒーが出された時には思いのほか時間が経っていた。

「時間、大丈夫か？　旅行に行くんじゃないのか」

時計を確認しようともしない遊に、隼人の方が心配になる。

「うん。旅行って言うより、母の郷里に帰るだけだから」

冠婚葬祭だろうか。ダークスーツから察するが、ネクタイをしていないので、慶事か弔事かわからない。先回りした遊が「葬式」と答えた。

「母親のね」

「あ、そ……そうなのか」

ご愁傷様です、と取り敢えず言う。ありがとうございますと、遊はこんな時なのに冗談めかして答えた。

「身体を壊して実家に帰ってたんだ。そろそろ危ないとは聞いてたんだけど、昨日」

「ならなおさら、こんなところでメシなんか食ってる場合じゃないだろ」

慌てて席を立とうとする隼人を、遊は穏やかに止めた。

「危篤《きとく》ならともかく、もう間に合わないから。本当は葬式も、行こうかどうしようか迷ってたんだ。君にあそこで会ったのが何か運命かなと思って、食事に誘っちゃった」

ごめんね、と言う。

「そんなのは、いいけどよ」

大丈夫なのか、と気軽に口に出せない。先ほどの話を聞く限り、遊と母親との間には確執があったはずだ。

「けど、葬式に行かなくてもいいかもな。あんたの親父も来るんだろ？」

隼人が遊だったら、そんな奴とは顔を合わせたくもない。

「さあ、どうかな。秘書に顔だけ出させて終わりかもね。別に、父のことはどうでもいいんだ。それよりも、僕は母の方が許せないんだろうな。一度も助けようとしてくれなかった母親のことが。葬式の席で彼女に抹香《まっこう》を投げつけちゃうかもしれない。だから行かない方がいいかなって、迷ってて」

許さない、と詰《なじ》りたくても、恨みをぶつけるべき本人はもうこの世にはいない。本当は愛して愛されたかった肉親だからこそ、思いは一層強く、複雑なのかもしれなかった。

ゆっくりとコーヒーを飲み、店の前で二人は別れた。

「こっちに、また戻ってくるんだろ」

何となくこれきりになるような気がして、隼人はそう尋ねた。遊は曖昧に笑う。

「譲介のこと、よろしくね」

ただそう言った。

「あいつは冷徹になりきれないところがあるから。そっちの世界では、なおさら苦しむことが多いと思う」

「これからだって、あんたとは友達だろ」

恋愛ではなくても、情は残っている。鷲頭もそう言っていた。身内のようなものだと。

遊はだが、緩くかぶりを振った。

「あいつに助けが必要な時は、できる限りのことをするよ。でも、以前のように近くにはいられない。もう寂しさを紛らわせる関係は終わりだから。けじめはつけないとね。譲介は変わったよ。多分、僕もこれから変わって行くと思う」

隼人が変わったように。みんな、ずっと同じところにはいられない。

じゃあね、と声を掛けてきた時と同じく、遊は屈託なく手を振った。遠ざかって行く彼の背中はまっすぐに伸びていて、決然として見えた。


二月に入り、隼人は木場から、久しぶりに鷲頭に同行するよう指示された。

鷲頭の部屋を出てから初めてのことだ。それまではやはり、かつての関係を慮《おもんぱか》って配置されていたのだろう。

同行する先は六和会の本部だった。鷲頭が若頭補佐に就任して初めての定例会が開かれる。

「お前が今度、うちの盃を受けることは本部にも伝えてある。せいぜい、周りに顔を覚えてもらえ」

木場の言葉に、もうすぐ念願が叶うのだと知らされた。

当日は珍しく雪が降った。六和会の本部は神奈川《かながわ》の山間部にある。盃事《さかずきごと》など行事を執り行う場所でもあるせいか、広い敷地の奥に入母屋造《いりもやづくり》のどっしりとした本部棟を構えており、神社の社務所《しゃむしょ》のような印象を受けた。神社と違うのは、周囲を高い塀に囲まれていることだろう。

本部への同行と言っても、隼人がすることは車の運転と、鷲頭に付き添って歩くことだけだ。それも本部の建物の中までで、定例会の最中、幹部に付いてきた部下たちは控室で待機させられる。

会議は簡単な会食を挟んで昼過ぎに終わり、奥の広間から六和会の幹部たちがぞろぞろと出てくる。鷲頭は一人の初老の男性と並んで現れた。

頭に白い物の混じった小柄な男は、家柄の良い紳士といった風情で、ヤクザの幹部にはとても見えない。しかし、顔立ちがどこか鷲頭に似ていた。

鷲頭は隼人の姿を見つけると、わずかに目元を和ませる。それから脇にいる男性に隼人を紹介した。

「今度うちの盃を下ろすことになる、犬崎隼人です。隼人、三井会長にご挨拶しろ」

唐突に声を掛けられ、隼人は慌てた。その顔だちから薄々わかってはいたが、彼が鷲頭の父親なのだ。緊張しつつ頭を下げると、ジロジロと顔を覗きこまれた。

「若いな。それにきかん気そうだ」

「これでも、うちの有望株でね」

息子の言葉に、三井はふうん、と鼻を鳴らして唇の端を笑いの形に引き上げた。ぽんぽんと、隼人の肩を叩く。暴力とは無縁そうな、柔らかい手だった。

「ま、こいつを盛り立ててやってくれ」

「……はい」

息子と離れ、立ち去って行く三井の後姿に、再び深く頭を垂れる。そんな隼人の脇から、一人の年配の男がすり抜けてきた。鷲頭に軽い会釈をしつつ、隼人をじろりと睨んで行ったその男は、三井に追いついて並んだ。

「あれが猪井だ」

隣でぼそりと、鷲頭が言う。鷲頭と同じ、若頭補佐の一人。いつか他の補佐たちと共に鷲頭と跡目を争うことになる男だ。

何事もなく次代が決まればいい。だがそうでなければ、隼人が以前に味わったよりも凄惨な事件が起こるかもしれない。

「……怖いか？」

本部の玄関に向かって歩きながら、こちらの内面を見透かすように鷲頭が尋ねてくる。

「少し」

正直に答えた。

「けど俺は巻き込まれるんじゃなく、自分の意思でここにいるんで」

だからこの先何があっても、鷲頭が負い目に感じることなどないのだ。そう言うと、鷲頭は一瞬、驚いた顔をして、それから小さく笑った。

「そうか……」

本部の外へ出ると、雪はもう止んでいた。人は多いのに、雪が音を吸収するのか、奇妙なくらい静かに感じられる。本部の広い敷地は、寒梅や松の木が植えられた純和風の作りになっていて、白く雪化粧を施された様はため息が出るほど美しい。

都会っ子の隼人には雪が積もる光景も珍しく、しばしその美しさに目を奪われた。

「何ていうか、風情がありますね」

傍らに鷲頭の気配を感じ、ぼうっとしてしまった自分に気づく。慌てて振り仰ぐと、男は景色ではなく隼人を見つめていた。

「鷲頭さん？」

訝しげな隼人の声に、男は我に返ったように目を瞬き、それから何故か、ふいっと気まずそうに視線を逸らした。

「お前も風情なんて言葉、知ってるんだな」

「ひでえな」

予想外の憎まれ口に場所も忘れて相手をねめつけると、鷲頭は愉快そうに笑う。笑った時の目元や口の端が、先ほど会った三井のそれに良く似ていた。

「やっぱり、似てますね」

「ん？」

「三井会長と」

「昔は母親似だって言われたんだが。最近、よく言われる」

咄嗟に口に出してしまい、嫌な顔をされるかと思ったが、鷲頭は穏やかに答えた。

父親を恨んではいないのだろうか。三井も被害者とはいえ、母親の死と、遊を遠ざける元凶《げんきょう》となったのだ。しかし、それを安易に尋ねるのは躊躇われた。肉親への気持ちは、恨みや憎しみといった単純な一言で済ませられるものではない。

「以前は、あの人と血が繋がってるってことが疎ましくてしょうがなかった」

だが、そんな隼人の内心を読んだかのように、鷲頭は自ら口を開いた。

「盃受けるって決めた時も、六和会なんか内側からブッ潰してやろうって気が、なかったわけじゃない」

鷲頭ならやりかねないと、隼人は笑った。

「……物騒だな。今はもう、そんな気はないんですか」

「組、作っちまったしな。むさ苦しい連中だが、俺にとっても子分は可愛い。その居場所を守りたいと、思うようになった」

そして、自分の組よりも大きな組織を背負った三井の心情が、少しだけ理解できたような気がした。父も、守るべきものと愛しいものの間で、懊悩《おうのう》してきたのかもしれないと。

車に乗り、車窓から遠ざかる六和会の建物を眺めながら、鷲頭はやがてぽつりとそう言った。

「世間からすれば極道の親玉なんて外道中の外道だが、振り返ってみれば、父親としてはそう悪いもんじゃなかったと思ってな。親だと思えるほど近くにいなかったが。少なくとも、俺とお袋を守るために必死で頑張ってた」

結果的に、母は死んでしまったが。自嘲気味に言う鷲頭に、隼人は敢えて軽い口調で言った。

「なら、上等ですよ。俺の父親は堅気ですけど、自分の女と子供を毎日のように殴ってた。母親は庇うどころか、自分が助かるために息子を差し出してましたからね」

ヤクザよりえげつない親が、世の中にはいくらでもいる。隼人の境遇だけがことさら不幸だったとは、今はもう思っていない。隼人の言葉に、鷲頭はわずかに目を細めた。

「確か、父親は人事院《じんじいん》の役人だったか」

伝えたことのない情報を知っていたことに驚いて、隼人はバックミラー越しに鷲頭を見た。

「どうして……あ、金城さんから聞いたんですか？」

実家を出てから、自分のことを人に話したことはほとんどない。恨み節になりそうだったし、思い出したくないという気持ちもあった。ただ、金城にだけは以前、少しだけ話したことがある。彼の父親が、酒に酔って妻子に手を上げる男だと聞いたからだ。

「ああ。自分の境遇に似てると言っていた」

鷲頭が金城から話を聞いたのは、隼人がマンションに引きこもって療養していた時だ。組内から、なかなか良くならない隼人を実家に戻した方が良いのではないかという話が出た。

隼人は自分の意思で組に入ったわけではない。このまま身を削《けず》って渡世にいるよりも、何か事情があるにせよ、堅気の実家に戻った方が隼人のためになるのではないかという意見だった。

「誤解するなよ。お前を追い出そうとしたわけじゃない。お前の家の事情を知らなかったんだ。あの時は、堅気に戻る方がいいかもしれないと思った」

しかし、普段はおよそ自分の意見など言わない金城が、珍しくそれに反対した。隼人も自分と同じだ、と。帰っても居場所などあるはずがないと。

「お前の肉親を悪く言いたくないが、極道の方がまだマシだと思ったな」

腹を立てているような鷲頭の口調に、隼人は小さく苦笑した。

「別に、珍しい話じゃないですけどね」

DVやネグレクトの家庭で育った子供たち。巷《ちまた》に当然のように転がっている話だ。

「それでも、辛いもんは辛いだろ」

きっぱりとした男の声に、そうだ、自分は苦しかったんだと気がついた。

家族を憎み、恨んで軽蔑していた。けれどそれより以前に感じていたのは、憎悪とは別のものだった。

親に愛されないのが寂しかった。家族の中で自分だけ仲間外れにされるのが悲しかったのだ。憎しみが強すぎて忘れていた……或いは無意識に忘れたふりをしていたけれど、その感情はおそらくいつも心の底にあった。

だからずっと、自分の居場所を探して彷徨《ほうこう》していたように思う。

「話を聞いて帰す気はなくなった。この先、何があっても帰る必要はない。お前はもう、うちの人間だ」

鷲頭の声は静かだがゆるぎない。

「……はい」

自分が帰る場所は、この男のいるところだ。肉親に愛されなかった悲しみも辛さも、もう過去のものだと、素直に思える。

心の底に沈殿《ちんでん》していた悲しみが、ゆっくりと溶けていくのを感じた。


本部からの帰り道、東京へ向かう高速道路は雪の影響で混んでいた。その日はもう、鷲頭に外出の予定はなかったが、雑務のために八祥組の事務所に寄らなくてはならない。先に夕食を摂ることにしたが、雪の日に都心を車で移動するのはかえって時間がかかりそうだった。結局、事務所に車を置いてから食事をすることにした。

車を車庫に入れ、木場と事務所の組員に定時の報告をして外に出る。夕方の早い時間だというのに、辺りはもう薄暗くなっていた。雪のせいか、いつもより人通りは少ない。

飲食店のある繁華街の方へ鷲頭と並んで歩き出した時だった。わずかに歩いたところで、不意に鷲頭が足を止めた。

「鷲頭さん？」

隣の男から、わずかな緊張を感じ取って視線の先を追う。十メートルほど離れた雑居ビルの入り口に、薄手のパーカーを着た男が一人、ぽつんと佇《たたず》んでいた。

それだけではさして、おかしいとは思わない。真冬にも薄物でうろつく人間も、珍しくはない。だが男は何か独り言をブツブツと呟きながら、落ち着かなげに辺りをキョロキョロと見回していた。

ただ単に、障害や疾患《しっかん》を抱えているだけなら問題ないが、ここが暴力団事務所の前であることと、万が一を考えると、できるだけ不審者には近づかない方が賢明だった。

「鷲頭さん。道、変えましょうか」

そっと隣の男に囁き、踵を返そうとした、その時だった。

男が不意にこちらを向いた。鷲頭と隼人の姿に気づいたようで、じっと目を凝《こ》らす仕草をする。そして何を認識したのか、ぱっと顔を明るくさせてこちらに近づいてきた。

「鷲頭さん？　あなた、もしかして鷲頭さんですか」

こちらは長身の、それも決して人相が良いとは言えない男二人だ。相手はそれに、臆《おく》することなくつかつかと歩み寄ってくる。隼人はさり気なく前に出ながら、後ろの鷲頭に「知り合いですか」と尋ねた。

「いや」

男は二人の数歩先で止まった。近づいたせいか、むっとすえた臭いが男の身体から漂ってくる。どこかの作業服のようなパーカーも良く見れば汚れていて、小柄な男のサイズには合っていなかった。青黒い顔は日に焼けているのか汚れなのかわからないが、若い男だ。

栄養失調かと思うほど頬がこけている。

「わ、鷲頭さんですよね」

繰り返し問いかけてくる。だが男の視線は定まらず、オドオドとしていた。どこかで見た顔だと思った時、記憶が蘇った。

ニキビ跡の残るあばた顔。小柄な痩身。数か月前に会った時よりもかなり痩せていたから、すぐにはわからなかった。

隼人を拉致して監禁した男たちの仲間、その後、消息がわからなかったカズとかいう少年だ。嫌な予感がして、さっと背中で鷲頭を後ろに押しやった。

「隼人」

咎《とが》めるような声を上げたが、構ってはいられない。

「こいつ、俺を拉致した男たちの仲間です」

背中にある気配が、更なる緊張を帯びる。

「ハヤトっ?」

突然、少年……カズが素《す》っ頓狂《とんきよう》な声を上げた。目の前に立った隼人の顔を見て、あっと焦点を合わせる。これまで明るかった彼の顔が途端に険を帯び、醜悪《しゆうあく》に歪んだ。

「ハヤト……あっ、そうだ！　ハヤト！」

何かとてもいいことを思いついたように、はしゃいだ声を上げた。しかし目の焦点は合っておらず、口の端に泡を溜めて絶えず何かを呟いている。正気でないのは明らかだった。

「探してたんだ。あれからずっと……」

「お前、今までどうしてた。依奈と一緒にいたんじゃなかったのか」

冷静に、と自分に言い聞かせ、相手に話しかける。少年がどういう行動を取るのか、何のためにここにいるのか読めない。

隼人の言葉に、少年は記憶を手繰るように目をぐるりと回す。「依奈が……」と、うわごとのように呟いた。

「依奈がいなくなったんだ。逃げられた。俺、殺されると思って、怖くて……」

自分も逃げたのだと言う。あの時、依奈が一人で公道をさまよっていたのは、少年の隙をついて逃げたかららしい。依奈を取り逃がしたとわかった少年は、男たちから制裁を受けるのではないかと怖くなり、自分も逃げ出した。

それから数か月。男たちが消されたことも知らず、少年は怯えながら逃亡を続けていたのだろうか。

どうやって生きて来たのかわからない。ただ、痩せているのは生活に困っているだけではないだろう。以前に見た時よりも明らかに、薬物中毒の兆候が露わになっていた。

「鷲頭が操ってるんだ。あいつが黒幕だ。お前の頭の中に……悪魔がいる……んだよ……ねえぇ……聞いてるのぉ？」

奇妙なほど間延びした声で、意味不明の言葉を喋り続ける。憐れみが消え、背筋にぞっと冷たいものが流れた。真っ黒な少年の瞳は暗い深淵《しんえん》のようで、何も映してはいなかった。

「お前らを殺さないと……俺がやられちゃうんだ」

ゆらりと少年の身体が傾いだ。倒れるのかと思った刹那《せつな》、丸めた上体が大きく伸び上がる。それまでの緩慢《かんまん》な仕草からは、予想もできない俊敏さだった。

暗い空洞のような目がまっすぐに隼人を射る。手には何かが握られていた。刃物だと認識できたが、その時にはもう、咄嗟に避けられる間合いではなかった。

「隼人っ」

――刺される。覚悟を決めた瞬間、声が上がって、衝撃を前からではなく背後から受けた。身体が斜め前に弾かれ、あっと叫んで振り返ると、隼人が今までいた場所に鷲頭がいた。

少年の身体が鷲頭にぶつかる。懐に少年を受け止めた瞬間、鷲頭の顔が苦痛に歪むのが見えた。

「じょう……介、さん」

驚愕《きょうがく》に目を見開いたその前で、少年が獣のような咆哮《ほうこう》を上げた。

「邪魔すんなぁっ！」

引き抜いたナイフの先に、血がこびりついている。それを目にした時、カッと隼人の身体に怒りの火が灯った。

ナイフが振り下ろされる前に、少年と鷲頭の間に滑り込む。ナイフを持った前腕を手刀で弾くと、少年の頬を殴りつけた。痩せこけた身体は、ボールのように軽く飛んで道端に転がった。

「鷲頭さん」

少年がうずくまったまま動かないのを確認して、鷲頭を振り返る。鷲頭は脇腹を押さえて顔をしかめていたが、崩れることなくその場に佇んでいた。しかし、傷口を押さえた手の端からは血が滴《したた》っている。

「何であんたが……」

どうして自分を庇ったりしたのか。泣き出しそうに顔を歪める隼人に、鷲頭は苦く笑った。血の付いていない方の手で、そっと隼人の頬を撫でる。

「そんな顔するな。仕方ないだろう。身体が勝手に動いちまったんだよ」

「馬鹿やろ……っ」

ぼろりと、こらえきれない涙が零れる。怖かった。もしもこのまま鷲頭が死んでしまったら、きっと自分も生きられない。

「泣くなよ」

それこそが痛いというように、鷲頭は顔をしかめた。

その頃には周囲にいた通行人も騒ぎに気づき、場は俄かに騒然とし始めた。たまたま通りかかったらしい中年の女が、倒れる少年と血の付いたナイフに悲鳴を上げている。騒ぎを聞きつけ、事務所から組の者たちが出てきた。

「救急車は呼ぶな。警察もだ。車で、お前が入院してた病院に運べ……」

鷲頭は傷口を押さえながら、いつもと何ら変わらぬ口調で指示を出す。だがその声が急に途切れた。

ぐらりと長身が崩れる。辛うじて自分の足で立っているものの、貧血を起こしたようにその顔色は真っ青だった。

「鷲頭さん、鷲頭さん！」

「泣くな。俺は、お前の……」

絞り出された声が、次第に細くなっていく。隼人はその体を必死に抱き留めながら、鷲頭を失うかもしれない恐怖を感じていた。


ぽとり、ぽとりと、透明の雫が等間隔に落ちてくる。

隼人は病室のパイプ椅子に座りながら、残り少なくなってきた鎮静剤の点滴を見つめて

いた。

個室のベッドに横たわる鷲頭は、静かに目を閉じている。少年に刺された傷は決して小さくはないものの、思っていたよりも深刻なものではなかった。

刃渡りが短かったこと、真冬で厚手のコートを着ていたことが幸いした。内臓には達していないことを聞かされ、隼人のみならず、病院に駆け付けた木場や駒ケ根も安堵した。

あの後、少年……カズは組員に付き添われて警察に出頭した。

本来ならば組長を襲って傷つけたのだから、組員たちから制裁を受けてしかるべきだろう。しかしカズは、堅気の未成年だ。さすがに大人が総出で報復するのは躊躇われるし、正気を失った薬物中毒患者をそのまま放置するのも気がかりである。

結果、鷲頭が襲われた件は最初からなかったことになった。凶器のナイフも、道路にあった血の跡も組員たちによって綺麗に消された。

カズの身柄は、鷲頭が知り合いの刑事と連絡を取り、善意の第三者が不審者を見つけたという形で、警察に引き渡した。恐らく、警察で検査をすれば薬物の陽性反応が出るだろう。その後の少年がどうなるのかは、こちらの預かり知らぬところだ。

鷲頭は彼が指示した通り、救急車ではなく、隼人の運転する車で病院に運ばれた。それも以前、隼人が入院していた知り合いの病院だから、事件が明るみに出ることはないだろう。

だが、それは表向きの話だった。鷲頭が刺された事実は変わらない。それも隼人を庇って。ボディガード失格だ。何より、鷲頭に傷を負わせた自分が許せなかった。

「――まだ、いたのか」

ベッドで静かに横たわっていた鷲頭が、不意に目を開いた。傍らに座る隼人を見て、少し驚いた顔をする。

「もうみんな帰っただろう。お前は、明日も早いんじゃないのか」

隼人は小さく首を横に振った。

「木場さんから、明日は休んでいいと。というか、組長の療養中の世話を任されました」

ボディガードの自分が付いていながら、鷲頭に怪我をさせてしまった。

鷲頭の処置が終わるのを待つ間、

『責任を取って指を詰めます』

と、木場に告げたら、

『知った風な口きくんじゃねえ』

恐ろしい顔で恫喝《どうかつ》され、容赦なく頬を殴られた。しかしそれでも、隼人の失態を責める言葉はなく、代わりに当分の間、鷲頭に付いて身の回りの世話をしろと命令された。

そんなこと、頼まれなくても喜んでやる。けれどそれだけで許されるのは、いたたまれない。

「許すも何も、この怪我はお前のせいじゃない。俺が勝手にやったと言っただろう。木場もそれがわかってるから、お前を責めないんだ」

点滴を受けていない方の手が伸びてきて、隼人の頬を撫でる。「痛いか」と聞かれて、大丈夫だと答えた。木場に殴られたせいで、少し腫れている。とはいえ、腫れるくらいで済んだのだから、木場も手加減してくれたのだろう。

「まあ、お前の怪我がこれくらいでよかった」

殴られた頬を撫でながらしみじみと言うから、憎らしくなった。

「どうしてそういう……あんたが刺された時、こっちがどんな気持ちだったか……」

病院へ運んで医者に容態を聞かされるまで、生きた心地がしなかった。もしも鷲頭が死んだら。想像しただけで、今も目の前が真っ暗になる。俯く隼人に、頬を撫でる手が止まった。

「悪かった」

ぽつりと、真摯な声が降りてくる。

「木場にもどやされた。部下を追いつめるような真似をするなってな。駒ケ根には、ボディガードが盾《たて》になるのを黙って見てられないなら、組なんか畳んじまえと言われた」

「駒ケ根さんまで……」

怪我の処置を終えて入院が決まった後、隼人が身の回りの物を取りに鷲頭のマンションへ行っている間、どうやら二人がかりでチクチク責められたらしい。

「すまん。俺の覚悟が足りないばっかりに、お前にも重荷を背負わせちまったな」

「重荷だなんて、思ってません」

ただ、鷲頭が傷つくことが怖かった。そう言うと、鷲頭は「俺もだ」と答える。大きな手がまた、隼人の頬を撫でた。

「お前があのガキに刺されそうになるのを見て、本気で怖いと思った。自分が傷ついたり、死ぬことは怖くない。なのにお前がいなくなることが怖いんだ。いつの間にか、身体が勝手に動いてた」

男の声が、頬に触れる手が、甘く優しい。その甘さに溺《おぼ》れそうになるのを、隼人はかぶりを振って抑えた。

「だめだよ。あんたはそんなこと、言っちゃいけないし、しちゃいけない。二度と、自分が盾になるようなことはしないでくれ」

守るのは自分の役目だ。言うと、鷲頭は軽く眉を引き上げた。

「……惚れた相手でもか？」

「あんたも、あんたの惚れた相手も。俺が守るよ」

隼人はまっすぐに男の目を見て言った。

鷲頭が誰かを抱くのを見るのは、まだ辛い。本気の相手ならなおさらだろう。だが鷲頭の大切な人なら、命に代えても守って見せる。それは隼人の偽らざる本心だ。

真剣に言ったのに、鷲頭は何故か深いため息をつき、目を閉じてしまった。

「傷、痛みますか」

眉根を寄せて押し黙る男に、隼人は心配した。慌ててナースコールを押そうと立ち上がると、「違う」と不機嫌に唸る。

「お前にそこまで言わせる、俺が悪いんだろうな」

「鷲頭さん？」

不安に視線を揺らす隼人を、再び目を開いた男がじろりと睨む。

「前から思ってたがお前、わりと鈍いな」

「な……」

「はっきり言わねえとわからないみたいだから言うけどな。惚れた相手ってのはお前のことだよ。——いいか、俺が、お前に惚れてるんだ」

諭すような口調で言われて、面食らった。呆然としている隼人に、鷲頭は更に畳み掛ける。

「ただの部下なら、もっと冷静になれたさ。お前を手放す前なら、腹据えて薬中のガキくらいあしらえてた。それがこんなヘマをしたのは、お前を手放したくせに未練タラタラで、俺自身が何の覚悟もしていなかったからだ」

男の表情は真剣で、冗談を言っているようには見えない。だがそれでも、隼人は信じられなかった。どう反応すればいいのかわからない。

「あんたが……俺に惚れてるって？」

「前に言っただろう。お前がいない間、妙な気分がしたって。あれからその、妙な気分がずっと続いてんだよ」

　では、隼人が戻った時には、鷲頭はもう自分に惚れていたと言うのか。

「あんた、俺のこと思いきり振ったじゃないか」

「そうだな。俺はあの時、お前の気持ちに応える気はなかったし、自分の女を組には入れられないってのも真実だ。そもそもあの時はまだ、お前と同じで自分の気持ちにも気づいてなかったんだ。自覚した時には、お前は壊れかかってた。あのまま壊れるなら、何も言わずに家に閉じ込めておこうと思ったんだが」

　困ったように笑う。その目の奥に全てを飲み込むような、激しい情動を感じて、隼人は肌がぞくりと粟立つのを感じた。恐怖なのか、期待なのかわからない。

「お前は立ち直った。まともに自分の足で歩こうとしていた。必死で前を向いて歩こうとしてる人間に、やっぱり惚れてるから俺の物になってくれなんて、言えねえだろう？　しかも懲りずに、組の盃を受けたいなんて可愛いこと抜かしやがる。手なんか出したくても出せねえよ」

降参だ、と男は言う。

「お前と同じように、ずっとこの気持ちは自分の胸にしまっておこうと思った。一生、口には出さないつもりだったんだが……やっぱりやめた」

「は？」

途中まで潔い言葉を並べていたのに、あっさり覆《くつがえ》されて、思わず聞き返してしまった。

「今回みたいなことは初めてじゃない。明日死んでもおかしくない稼業だからな。お前も同じだ。もうこっちの人間になっちまった。そう考えたら、気取ってる場合じゃねえだろう」

気持ちをしまい込んで、もしもそのまま隼人が死んでも、自分が死ぬ時になっても、きっと後悔する。明日をも知れない稼業ならばなおのこと、つまらない見栄や綺麗ごとで本心を隠しているのは馬鹿らしい。

「けど、女は組に入れられないって、あんた言ってたじゃないか」

隼人が鷲頭と身体の関係を持っていて、それでも組にいられたのは、そこに感情が介在しなかったからだ。組員たちも、最初に木場が「鷲頭さんの女」と紹介したことを、忘れているか冗談だと思っている。或いは、仕置きと服従させるためのセックスだと理解しているようだった。

愛人関係となり、それを打ち明けて組員たちに受け入れられるとは、隼人も思っていない。

「お前は女じゃねえだろ」

「でも」

そんなのは詭弁《きべん》だ。逡巡《しゅんじゅん》する隼人に、鷲頭は優しく笑って腕を引き寄せる。懐柔《かいじゅう》するように、優しく頬を撫でた。

「女じゃない、男だ。なあ隼人。俺の男になれよ。それで死ぬまで隣にいろ。死ぬ時も、お前を絶対に一人にはしないから」

愛され、守られて抱かれる存在ではなく、共に殺伐《さつばつ》とした世界に身を置いて生き抜いていく。暴力と姦計《かんけい》に満ちた凄惨な渡世でも、二人でなら立ち向かえるだろう。いつか折れる日があっても、どちらかが残されることはない。死ぬ時まで一緒だという、その言葉に隼人は我知らず震えた。

「すげえ口説き文句」

「最高のプロポーズだろう？」

冗談めかしていたが、その力強いまなざしは真意を語っていた。

「……ほんとに、俺でいいのか」

「お前が欲しい。なあ隼人。お前を俺に、くれないか」

隼人は笑った。

「元々、俺は全部あんたのもんだよ」

隼人は立ち上がり、身を屈めると横たわる鷲頭にキスをした。鷲頭の片手が怪我人とは思えない力強さで隼人の腰を抱き寄せる。何度も深くキスを交わし、男の手がもどかしげに身体をまさぐり始める。服の裾から大きな手が素肌を撫で始め、中心に妖しい火が灯った。

「鷲頭さん、これ以上はだめだ。怪我が治ってから……」

「そんなに待てねえよ」

乱暴に言って、鷲頭は隼人のズボンのベルトを外そうとする。右腕に刺さっている点滴を煩わしそうに引き抜くのに、隼人は慌てた。

「ちょっと」

「もう終わりかけてる」

「でもそれ、終わったらナースコールしろって」

「じゃあ呼ばなきゃ来ねえだろ。来ても、中から喘ぎ声が聞こえてきたら遠慮するさ」

無茶苦茶だ。だがこれ以上抵抗したら、鷲頭は自ら起き上がってきそうだった。それでも今日のところは口で慰めようと思っていたのだが、ベルトを外され、下を脱がされてしまった。

「鷲頭さん、今日は」

「前みたいに、二人きりの時は名前で呼べよ。いいから上に乗っかれ。……もっと上だ」

無理やりベッドに上げられ鷲頭の身体を跨ぐと、今度は尻を掴まれ、鷲頭の顔の前へと押し上げられた。

「ちょっ、こんな……」

「そう言いながら、こっちはもう涎垂らしてるぜ」

男の息が、立ち上がったペニスの先端に吹きかかる。大きな手がいやらしく尻を揉みしだくのに、止めなくてはと思いながらも腰を揺らしてしまう。

「鷲……譲介さん。そんなこと、しなくていい」

「俺がやりたいんだよ。お前の身体……舐め回したくてたまらなかった」

言うなり、キュッと先端に熱い粘膜が吸い付いてくる。

「ふ……あ」

このところ忙しく、自分でろくに慰めることもなかった隼人にとって、それは強すぎる刺激だった。軽く先端を吸われただけで射精感が込み上げて来る。

「溜まってるみたいだな。遊んでないのか」

「そんな暇……やっ、あぁっ」

腰を押さえていた手が隼人の尻の合わせに滑り込み、閉じた蕾《つぼみ》をこじ開けるようにして指が入って来た。久しぶりに味わう後ろの感覚に、知らずのうちに嬌声を上げてしまう。

「や、やめてくれ。俺、今朝シャワー浴びたきりだし」

「今さら気にするな。最初の頃から、もっとすげえことしてただろうが。しかしキツいな。あれからやってないのか。誰とも？」

快感が強すぎて咄嗟に言葉が出ず、こくこくと頷く。

「あ、あんた以外と……やる気が起きなくて……」

「あんまり煽《あお》るなよ。こっちも余裕ねえんだ」

それが冗談ではない証拠に、鷲頭の声も少し上ずっている。

「……隼人、反対向けるか」

体勢を入れ替えるように言われて、何をしようとしているのか理解する。意を決して頷くと、隼人は鷲頭の傷に障《さわ》らないよう、そっと足を入れ替えて後ろを向いた。

相手の顔の前に尻を突き出し、男の股間に顔を伏せる。恥ずかしかったが、相手に触れたい気持ちの方が勝った。

鷲頭の一物は既に病衣を押し上げていきり立っている。中から取り出したそれは、固く強張っていた。息を飲む隼人に、鷲頭が苦笑する。

「ガチガチだろ。さっきから、お前に触っただけでこんなんだ」

少し口をつけただけで、先端から白濁を帯びた先走りが飛び出してくる。包帯を巻いた腹部が大きく上下して、射精をこらえているのがわかった。

「あんたも、しばらくしてないのか？」

「愛人たちとはみんな切れてる。お前が出てってから何度か、紛らわせるためにあちこちでつまんでみたんだが。どうしてもお前の身体を思い出しちまってな」

それでもう、誰とも身体を重ねる気になれなかったのだと、苦笑いしながら男は言った。

喉元までペニスを含むと、鷲頭が低く呻く。だが同時に、尻の窄まりに熱くぬめったものが割って入り、隼人もくぐもった悲鳴を上げた。

思わず腰を引こうとするが、尻を掴まれていて逃げられない。ぬくぬくと舌で肉襞を擦られ、指で入り口を押し広げられる。

「んっ、う……」

限界を感じて腰を揺らす。鷲頭もそれを悟ったのか、後ろを責めるのをやめた。隼人に腰を上げさせて、今度はすっぽりとペニスを口に含む。熱い口腔の感触に、それだけで隼人は腰を震わせて射精した。

「ふ……ぅんっ」

同時に、隼人の口の中で男が爆ぜる。たっぷりと吐き出された精液を、溢すまいと必死で飲み込んだ。鈴口に溜まった精液を吸い出すと、固く芯の残っていた男のペニスはそれだけで復活してしまった。

「こっちはお預けなんて言わねえだろ？」

自分も隼人のものを飲み下し、再び後ろの窄まりを可愛がりながら鷲頭が言う。散々弄られ、そこはもう蕩けきっていた。

「俺が動くから」

本当は止めなきゃいけないとわかっている。鷲頭は怪我人なのだ。だが気持ちの通じた今、彼ともっと深いところで抱き合いたかった。

もう一度、体勢を変えて鷲頭と向き直った隼人は、相手の顔を見ながらそそり立ったペニスの上にゆっくりと腰を落とした。丹念に解された肉襞は、柔らかく欲望を包み込む。だが久しぶりに受け入れるには男の一物は大きすぎて、やはりきつかった。

「きついか？」

「少し……でも気持ち、い……んっ」

隼人が答えた途端、鷲頭はわずかに腰を浮かせて浅く突き上げてくる。隼人はそれを宥め、自ら腰を振った。

「いい眺めだ」

鷲頭は楽しそうに目を細める。その奥には、獰猛な情欲が仄《ほの》めいていた。

「最初は、鼻持ちならないクソガキだったのになあ。こんなに、色っぽくなっちまって」

「あぁ……っ」

首筋に微かな痛みが走った。楔を埋め込むだけでは足りない男が、柔らかく牙を押し当

てたのだ。どんなに深く繋がってもまだ足りないと、太い腕が隼人の身体を抱きしめ、肌を甘く啜《すす》る。

やがて耳に注ぎ込まれた熱い囁きに、隼人の胸が震えた。

「お前を愛してる。だから、俺のいないところで死ぬな。傷つくな」

それは命令のようでいて、懇願だった。隼人が傷つけば鷲頭も同じ、いやそれ以上の痛みを感じるのだ。隼人も同じだ。もしも鷲頭が死んだら、きっと心が壊れてしまうだろう。

「誓《ちか》うよ。あんたも、誓ってくれ」

二人で生きて行くためなら、どんなことでもする。

何度も口づけ、溶け合うほど深く交り合いながら、二人は互いに誓い合った。

鷲頭の負傷からひと月が経ち、春の兆しが見え始めた頃、隼人にようやく八祥組の盃が下ろされた。

日取りが決まると、事務所には八祥組のメンバーが一堂に会した。本格的な盃事は羽織袴《はかま》で臨み、細かい儀式があるようだが、ここで行われたのはごく簡易的なものだ。

服装も皆、普段のスーツ姿だ。盃の中身は日本酒ではなく、何故か赤ワインだった。

「うちの慣例でな。八祥組の盃事はポン酒じゃなくてワインなんだ」

駒ケ根が簡単な口上を述べた後、媒酌人の木場が徳利から注いだそれに、鷲頭は盃事を中断して気軽な口調で言った。木場が何故か慌てた様子で、「私語は慎んで下さい」と言う。

だが他の組員も、今まで気になっていたのだろう。何でですか、とどこからか上がった声に、鷲頭はにやっと笑って木場を見た。

「俺がこっちの世界に入ると決めた時、まだ極道でもない俺のところにこいつが赤ワインとコップ持って来て、盃下ろしてくれって言ったんだよ。血を混ぜ合うのが極道の儀式だろうって。冗談かと思ったら、本気で極道の盃事はこうだって思ってたらしいんだよな」

葡萄酒《ぶどうしゅ》は主の血であるという、キリスト教の聖餐《せいさん》と混同していたらしい。キリスト教徒が聞いたら、一緒にするなと憤慨《ふんがい》されそうな逸話だ。ほとんどの者が初めて聞く話のようで、気まずそうにする木場と共にひとしきり笑いを誘った。

穏やかな空気の中、鷲頭が飲んだ盃が隼人に回される。それを飲み干すと、淡い血の色に色づいた盃を、白いハンカチにくるんで押し頂いた。

深く礼をして、顔を上げた先で鷲頭が、穏やかに微笑んでいる。その傍らに立つ木場が感極まったのか、眼鏡の奥でじんわりと目を潤ませるのを見て、笑いたいような、泣きたいような気分になった。

盃を下ろすと正式に言われた時、木場から本当にいいのかと問われた。

『これが最後だ。今ならまだ、堅気に戻れるぞ』

極道らしからぬ木場の情を思いつつ、隼人は静かに首を振った。

『鷲頭さんにも、あなたにも……みんなに感謝してます。ここに来るまで俺はずっと、世の中の全てをわけもわからず憎んでた。どうしたら抜け出せるかもわからなくて、自分を持て余して。ここに来なかったら、きっとそのうちどこかで、野垂《のた》れ死ぬことになったんじゃないかな。それでも何も感じなかったと思う。今やっと生きてる感じがするんだ。辛いこともあるけど、俺はここで生きて行きたい』

鷲頭と一緒に生きて行く。懸命に生きるなら、たとえ明日死ぬことになっても後悔しないだろう。

血の色に染みた器を胸に抱き、隼人はそっと、愛しい男と視線を絡め合った。

あとがき

こんにちは、はじめまして。小中大豆《こなかだいず》と申します。今作が二冊目になります。

今回はヤクザとワンコのお話です。ワンコというか、嚙《か》ませ犬。

仲間と敵地に乗り込んで、「ここは俺に任せろ。お前らは先に行け！」とか言っておきながら三分で敵に倒されてしまう……ああいうアレです。敵にボッコボコにされながら、「今のはまだ、俺の五十パーセントの実力しか出してない」みたいな。

登場時はわりと二枚目キャラで、強そうな顔をして現れるのに、口先だけだったり、或《あ》るいは周りが強すぎて引き立て役になってしまうとか、そういうがっかりなところが嚙ませ犬の魅力ではないかなと思っています。

残念で可哀そうな嚙ませ犬が、ラスボス格の悪役にぐりぐり弄《いじ》られ可愛がられて、最後には幸せになるといいなあ、という思いで書き始めたのですが、犬に色々と試練を与えているうちに、何だか薄暗い話になってしまいました。

　個人的には大変楽しく書かせていただいたものの、恐らく、こういう展開が苦手な方もいらっしゃるかと思い、ドキドキしています。許容範囲を超えていたら、申し訳ないです。

　受の隼人《はやと》が酷《ひど》い目に遭《あ》うことはプロットの段階から決まっていたので、担当様に「こんな展開で大丈夫でしょうか」と相談したところ、「ぜんぜん大丈夫」みたいな回答が返ってきて驚きました。

　いや、むしろもっと、と言われたような言われなかったような。酷い人だなと思いました（笑）

　そんな担当様にはデビュー作に続き、色々とご指導いただき、またご面倒をおかけしました。

　一冊目を出していただいた時に、次回も書けるといいなと思っていたのですが、願いが叶ってとても嬉しいです。とはいえ、前作と同様にぐだぐだと悩んだお陰で、本が一冊できるまでにまたかなり時間が経ってしまい、反省しています。ちょっとずつ成長していきたいです。

　そして、拙《つたな》い本書から美麗なキャラクターを描き出して下さったタカツキノボル先生にも、感謝申し上げます。

最後に読者の皆様、ここまでお読みいただき、本当にありがとうございました。

次回もまた、お会いできますように。

八月吉日　小中大豆

Hanamaru Bunko

作家・イラストレーターの先生方へのファンレター・感想・ご意見などは
〒101-0063 東京都千代田区神田淡路町2-2-2
白泉社花丸編集部気付でお送り下さい。
編集部へのご意見・ご希望などもお待ちしております。
白泉社のホームページはhttp://www.hakusensha.co.jpです。

白泉社花丸文庫
極道と愛を乞う犬

2012年9月25日 初版発行

著　者　小中大豆 © Daizu Konaka 2012
発行人　藤平 光
発行所　株式会社白泉社
〒101-0063 東京都千代田区神田淡路町2-2-2
電話 03(3526)8070(編集)
03(3526)8010(販売)
03(3526)8020(制作)
印刷・製本　図書印刷株式会社
Printed in Japan HAKUSENSHA　ISBN978-4-592-87690-8
定価はカバーに表示してあります。